AF397978

Vesa Kaleva Lehtinen

Muistinpätkiä

Pojanelämää seitkytluvun Ruovedellä

Kannen valokuvat teoksesta Sven E. Lindqvist: Ruovesi ennen ja nyt. Osuuskaupan kuva Ruoveden Joulu - lehdestä, Kuvaajana Mauno Takala.

Kustantaja: BoD · Books on Demand, Mannerheimintie 12 B, 00100 Helsinki, bod@bod.fi
Kirjapaino: Libri Plureos GmbH, Friedensallee 273, 22763 Hampuri, Saksa

ISBN: 978-952-80-7116-7

ALKUSANAT

Tämä kirjasen kirjoittaminen lähti liikkeelle
monen pikkuasian yhdistyessä toisiinsa. Olin
lukenut Kimmon (Matero) neliosaisen
omaelämänkerrallisen seikkailutrilogian ja
nauttinut sen sisälämmittävästä huumorista.
Myös kahden muun Ruovedellä kasvaneen
suurmiehen, Markku Pirin ja Juha
Hernesniemen elämänkerrat olivat tehneet
vaikutuksen. Vaikka en samaan kategoriaan
katsokaan kuuluvani, ajattelin silti, että
omat lapsuus- ja nuoruusmuistot ovat
jokaiselle meistä yhtä merkityksellisiä ja
arvokkaita. Niiden perusteellisempi
läpikäynti varmaankin myös tutustuttaisi
minut itseeni uudella tavalla. Miksi en siis
kirjoittaisi omista kasvuvuosistani, etenkin
kun olin satunnaisesti jo kirjoitellut otsikolla
"Nyt kun vielä muistan". Kuvittelen, että
ainakin omaa jälkikasvuani ne voisivat
joskus kiinnostaa. Samalla tulisi korjattua
ainakin osa siitä puutteesta, jonka oma isäni
jätti – paljon jäi juttuja kertomatta.

Ongelmana oli muoto.

Onnekseni törmäsin joulukuussa 2023 Petri
Tammiseen, missäpä muualla kuin Vinhalla.
Sain luettavakseni kirjan sopraano Helena
Juntusesta, jonka kirjoittamisessa Petri oli
ollut mukana. Mainio idea, tarkasti
strukturoitua anekdotismia (omaa
terminologiaani). Varastin idean, muistot
alkoivat tulvehtia mieleeni, naputtelin koko
litanian melkein saman tien. Jätin
struktuurin tarkkuuden vähemmälle. Jäljelle
jäi anekdootteja, tajunnanvirrassa
vapaahkosti ajelehtivia. Kronologisesti
poukkoilevia. Mukana nimiä ja paikkoja,
jotka eivät ehkä aukene kaikille.

Teksti sai hautua vuoden, sitten kevyt
stailaus. Saattaa olla, että jotkut faktat ovat
vaihtoehtoisia, ne täytynee vaihtaa sitten
seuraavaan painokseen, jos ehdot täyttyvät.

Yhtä kaikki, tältä se minun silmissäni näytti.

Ruovedellä, Vinhalla 15.12.2024

Vesa

MUISTINPÄTKIÄ

Istun Vinhan kirjakaupan yläkerrassa. Tämä huone on residenssivieraiden keittiö. On tämä ollut aikaisemmassakin elämässään keittiö, kirjakauppiaan kodin sydän. Tuosta ikkunasta kirjakauppias on katsellut ulos ja miettinyt, että kirjoja menee harvakseltaan kaupaksi. Vastapäätä on Mustosen Kukka ja Hautauspalvelu. Sen ovi käy taajaan.

Mustosen liike on vanhassa Säästöpankin talossa. Silloin kun siinä oli pankki, avasin siellä ensimmäisen pankkitilini ja pankki lahjoitti 5 smk. Se olisi nykyään 7€ ja sen takia ei enää kehtaa pankin lattialle lähteä kuraa kengissään kantamaan. Pankissa oli monta kassaa rivissä. Kerran menin asioimaan pasuunakotelon kanssa, viereisellä kassalla ollut mies nyökkäsi minua päin ja kuiskasi kovalla äänellä pankkineidille (siis pankkitoimihenkilölle), että tuossa on ryöstäjä ja osoitti sormellaan koteloani. Neiti (pth) pelästyi. Mies oli kirkon suntio.

Säästöpankin talon takaa ylhäällä rinteessä näkyy linkkimasto. Touhuttiin Pirin nurkissa KOP:lla Masan kanssa. Masan äiti tuli ja sanoi "Tulkaas pojat katsomaan!". Nähtiin masto silloin ensimmäistä kertaa ja melkein huimasi, kun se oli niin korkea. Tuli huijattu olo, kun ei oltu huomattu sen rakentamista ollenkaan. No, ei pulkkamäkeä laskiessa taivaille tuijotella.

Toisessa päässä Säästöpankin taloa oli
Kemikalio. Siellä oli myös leluhyllykkö ja
myyjänä Raili Vierikko. Äidin kanssa siellä
joskus poikettiin, harvemmin leluja
ostamaan. Ehkä äiti osti käsilleen Bellavitaa.
Hänen kätensä olivatkin pehmeät.
Kemikalion naapurissa oli Toivo E. Virtasen
kelloliike. Yksi opiskelukaverini Sibiksestä
kertoi ostaneensa sieltä kihlat. Muita
asiakkaita en tiedä olleen. Sitten oli liike
nimeltä Kudos ja Asuste. Vaatteita siis
kudoksia lämmittämään. Kirsin äiti oli
myyjänä ja hän suoritti K-ryhmän
Mestarimyyjätutkinnon ja voitti jonkun
kilpailunkin. Pääsi Ruovesi-lehteen.

Säästöpankin talon vieressä on nykyään
Veikon kone. Ennen siinä oli K-kauppa
Timon Valinta ja Hämeen sähkön myymälä.
Sähköliikkeen ikkuna oli karu ja pelkistetty –
jopa sen aikaisilla mittareilla. Olisiko näytillä
ollut partakone ja joku valokatkaisija. Timon
Valinnan alakerrassa oli Gustafssonin Juhan
rummut. Morris. Juha antoi välillä vähän
soittaa, mutta enimmäkseen istuin ja
kuuntelin. Rummut oli iso juttu. Meillä oli
kotona urkuharmooni. Sitten kun oltiin isoja
poikia, Jussi pölli vähän keskikaljaa niiden
kaupasta. Se oli pahaa, mutta Jussi oli
ottanut myös kääretorttuja.

Masa pakotettiin kerran viemään kummitädilleen rouva Porrille joulutervehdys. Masa kysyi äidiltään, että mitä mä oikein sille sanon. Äitinsä vastasi: "No vaikka hyvää joulua." Sitten mentiin kunnanlääkärin oven taakse ja rouva Porri avasi. Masa työnsi suklaarasian ovenraosta ja sanoi: "No vaikka hyvää joulua."

Masan veli Markku oli meitä monta vuotta
vanhempi ja oli Amerikassa vaihto-oppilaana.
Markun kotiinpaluuta odotettiin kovasti.
Mielessäni aloin piirtää kuvaa hänestä, sillä
en ollut häntä koskaan vielä tavannut.
Markun huoneen ovelta näki, että hän oli
tehnyt kaikenlaisia juttuja, savesta veistoksia
ja muuta sen sellaista. Sitten kun hän
vihdoin tuli, huomasin, että hänpäs onkin
oikein mukava ja osaa tehdä paperista
hienoja lennokkeja. Paitsi että sen on
täytynyt olla Markun idea, että väsätään eri
värisistä juustojen ympärillä olevista vahoista
pieniä kuulia, pyöritellään ne sokerissa ja
sitten tarjotaan niitä Masan kavereille muka
marmeladina.

Isä oli tuossa Osuuskaupassa töissä, hän olikin osuuskauppamies henkeen ja vereen. Isä oli käynyt maamieskoulun Loimaalla ja sen jälkeen ollut töissä kauppojen maatalousosastoilla ensin Rauman nurkilla ja sitten Vähikkälän kautta tullut Ruovedelle 1950-luvun puolessa välissä. Äidin hän oli tavannut Lapin Osuuskaupan kesäretkellä Aulangolla joitakin vuosia aiemmin. Äiti oli tuossa samaisessa kaupassa töissä ja Lappihan tarkoittaa tässä tapauksessa pientä paikkaa Rauman kupeessa. Taitaa olla nykyisin osa Rauman kaupunkia. Yhteinen koti perustettiin Ruoveden Osuuskaupan omistamaan pieneen taloon Kirkkokankaalle, yhteiskoulun lähelle. Talon nimi oli Tonttila, ilmeisesti kaupan silloisen johtajan, hra Tontin mukaan nimetty.

Tonttila oli hyvin vaatimaton pieni talo.
Alakerrassa keittiö ja kamari, yläkerrassa
pari makuukamaria. Puilla lämmitettiin, vesi
tuli hanasta, mutta ei lämpimänä. Sisävessa
onneksi oli, se oli rakennettu eteiseen vähän
myöhemmin. Vessaa lämmitettiin talvella
irtopatterilla ja se lämmitti vähän lavuaarin
vesijohtoakin. Silloin haaveilin, että tältä
tuntuu kerrostalossa, kun tulee hanasta
lämmintä vettä.

Meillä ei ollut ketään sukulaisia lähimaillakaan. Molempien vanhempien suvut ovat vaikuttaneet Rauman seudulla ainakin niin kauan kuin kirkonkirjoista näkee, eli vähintään 1550-luvulta asti. Isän isä oli kuollut melko nuorena ja isän äiti eli isoäitini ei kotoaan Ruovedelle asti koskaan lähtenyt. Äidin äiti oli kuollut hyvin nuorena, mutta äidin isä, eli meille pappa puolestaan matkusteli linja-autoilla ja kyläili omien lastensa luona. Pappa ilmestyi kuin tyhjästä, ainakin minun silmissäni, nukkui sohvalla viikon ja lähti seuraavaan paikkaan.

Isoäidillä vierailtiin noin kerran vuodessa.
Fiat 850:n nokkapellin alle pakattiin valtava
määrä tavaraa ja auton sisään 5 henkinen
perhe. Matka oli pitkä ja pitkäveteinen.
Tampere oli jännittävä kohokohta, siellä oli
paljon näkemistä. Esimerkiksi Näsinneulan
huipun valoista näki, millainen sää on. Isälle
se oli jännittävä ihan muusta syystä, ison
kaupungin läpi suunnistaminen oli
ponnistus. Onneksi äiti auttoi ja luki
tienviittoja. Kun Tampere oli onnellisesti
selvitetty, juotiin levähdyspaikalla kaffet
termospullosta.

Isoäidin luona käytiin niin harvoin, että arkuuteni ei ehtinyt helpottaa. Yksi setäni, Veikko, oli puuseppä, jolla oli verstas samassa pihapiirissä. Siellä sentään joskus jotain värkkäilin. Muistan verstaan äänimaiseman. Purua ja lastua oli joka paikassa ja puhe kuulosti jännittävän pehmeältä. Saunakamarissa oli vanha baritonitorvi, johon puhaltelin, mutta josta en osannut ottaa ääntä. Se jäi silloin arvoitukseksi eikä toinen setäni, Kalle, halunnut ratkaista arvoitusta vaan hekotteli vieressä.

Äidin suvussa varsinkaan ei juuri musiikkia
ole harrastettu. Sen sijaan kädentaitajia on
paljon. Minusta tuntuu, että sain täydet
oikeudet suvun miehiltä vasta silloin, kun
vein sukujuhliin näytille itse tekemäni
barokkitrumpetin.

Minä seikkailin Osuuskaupalla eli Oskarissa
alakouluikäisenä henkilökunnan jaloissa.
Joskus pääsin kuorma-auton kyytiin
viemään tavaraa maatiloille. Siellä sai kahvia
ja pitkopullaa. Ja kärpäsiä oli paljon pullan
kimpussa. Miehet olivat ruskettuneita ja
emännät pulskia. Kaikki olivat kuitenkin tosi
ystävällisiä, eikä jutuista meinannut tulla
loppua. Kerran nuuhkaisin AIV-pöntön
suusta ja tuntui, että nenään tuli reikä
sieraimesta takaraivon läpi. Olisi varmaan
tullutkin, jos sitä lientä olisi roiskahtanut
nokkaan.

Kaupalla oli mukavaa, kaikki myyjät tiesivät kenen poika olin. Olin kuitenkin ujo ja toivoin, ettei kukaan olisi huomannut minua. Puuhailin itsekseni pikkujuttuja, joita isä minulle antoi. Lajittelin limsa- ja olutpullot omiin koreihinsa, kirkkaat ja ruskeat. Pyynikin juomakuski tykkäsi, kun ne olivat eri koreissa. Palkaksi sai joskus pullollisen Jiveä. Joskus rohkenin pyytää isältä, että voinko ostaa vastakirjalle jätskin. Ei se koskaan kieltänyt.

Jonkinlaisen kriittisen ajattelun siemenen nielaisin noina lapsuusvuosina, ja sekin liittyy osuuskauppaan. Isälle tuli Osuuskauppa -niminen lehti, joka lähetettiin kaikille SOK:ssa työskenteleville. Muistan, kun roll-on deodorantit olivat uusia ja ne olivat vallanneet markkinat suihkepulloilta. Osuuskauppalehdessä firmat mainostivat kauppojen sisäänostajille tuotteitaan. Siinä oli mainos uudesta roll-on deodorantista: "Tässä uudessa roll-on:ssa on isompi kuula levittämässä deodoranttia iholle. Näin sitä levittyy kerralla enemmän ja tuotteen kierto nopeutuu." Minua häiritsi tämä, koska asiakkaille tarkoitetussa Yhteishyvä - lehdessä puhuttiin säästäväisyydestä ja kaikenlaisesta kohtuullisuudesta. Silloin tajusin, että kaikki eivät pelaa samoilla säännöillä.

Teini-iässä olin Osuuskaupassa oikeissa kesätöissä. Olin paljon kuorma-autoissa apupoikana. Se oli oikeaa työtä, kuormat tehtiin ja purettiin käsipelillä. 25 tonnia sementtiä on 500 kappaletta 50 kilon säkkejä. Yksi kuskeista oli Erkki Taipale. Hänen kanssaan oli mukavaa, koska ei tarvinnut puhua. Erkki pysäytti kuormurin puolen päivän aikaan ja sanoi: "Jos söis eväänsä." Sitten iltapäivällä puhui toisen kerran: "Jos jois kahveensa."

Viimeisenä kesänä Osuuskaupan töissä olin
16-vuotias. Toisena kesäpoikana oli Hannu,
joka oli pari-kolme vuotta vanhempi. Hänellä
oli ajokortti, ja siten sai ajaa kaupan Fiat -
lavapakettiautoa. Eräänä perjantai-
iltapäivänä olimme Pihlajalahden seudulla
viemässä pientä rakennustavarakuormaa
jollekin kesämökkityömaalle. Auton toinen
takapyörä jäi jumiin pehmeään
ojanpenkkaan emmekä saaneet sitä siitä
millään irti. Kello kävi kohti iltaa, eikä
pienellä metsätiellä liikkunut ketään. Sitten
kuului kaukaa traktorin ääni ja se jopa
lähestyi. Pelastus! Kuski sammutti koneen ja
tunnistin kaverin meitä vähän vanhemmaksi,
mutta en tiennyt nimeä – se on edelleenkin
arvoitus. Hän kysyi: "Oletteko jumissa?"
"Joo, kyllä me ollaan, voitko jeesata?" "En
kerkiä, kun pitää lähteä roudaamaan Eppuja
keikalle." Sitten kaveri käynnisti Valmetin ja
jatkoi matkaansa. Siihen jäätiin. Joskus illan
mittaan siihen tuli sorakuormuri, jonka
kuskilla ei ollut keikkakiireitä. Tämä on lähin
kosketukseni Manserokkiin.

Isä meni aina Osuuskaupalle töihin
polkupyörällä ja jätti sen Urtsun kohdalle
puuta vasten, ettei tarvinnut kotiin lähtiessä
työntää sitä jyrkkää mäkeä ylös. Urtsun
pihalta keräsin viina- ja kaljapulloja
sunnuntaiaamuisin lauantain tanssien
jäljiltä. Niillä tienasin polkupyörän. Joskus
löytyi seteleitäkin. Viisi markkaa oli iso raha,
nykyään se seitsemän euroa. Tyhjät pullot
vietiin Virroille Alkoon. Isä kuskasi. Ei
kuitenkaan ostanut mitään itselleen, vaikka
oli sillä viinapullo kotona piilossa. Niin
häveliästä se oli.

Urtsun pihalla notkuttiin sitten varhaisnuorina. Enää ei kerätty pulloja, mutta vielä ei päästy sisälle tansseihin. Sinä vuonna, kun Vesku Loiri oli ollut euroviisuissa Huilumiehellä, Vesku oli Urtsulla keikalla. Kaikki me oltiin aika kovaa poikaa ja uhottiin tietysti sitä, että Vesku on ihan paska ja biisi on ihan paska. Oltiin siinä rappusten alapuolella ja Vesku tuli röökille ylärapulle. Se oli iso mies ja karisma roihusi. Veti Norttinsa ja katseli jonnekin kauas meidän yli. Me oltiin ihan hiljaa.

Viljanmaalta sai irtokarkkeja. Joskus kakkosluokan ope Tuula antoi rahaa ja pyysi hakemaan koko luokalle lakut. Oli Tuulanpäivä. Joulun tienoilla oli Viljanmaan kassan vieressä lipeäkalaa ämpärissä pystyssä. Ne haisi niin pahalle, ettei viitsinyt mennä edes karkkia ostamaan. Viljanmaalta sai yhdessä vaiheessa myös kenkätehtailija Urho Viljanmaan vanhaa varastoa ja joitain työhousuja. Ne olivat fiftaripoikien mieleen. Minullakin oli sellaiset. Viljanmaan siirtomaatavarakaupan lemmikkinä oli pystykorva Järvinen. Kaupan takapihalla oli iso läjä katiskoita. Kerran meidän kissa oli mennyt yhteen katiskaan ja jäänyt jumiin. Sinänsä ei mikään ihme, mutta me asuttiin parin kilometrin päässä. Kissa nimeltä Molli-Jori oli lähtenyt Elinan perässä kävelylle ja harhautunut. Jori eli 16-vuotiaaksi. Se makasi pönttömuurin päällä lämpimässä ja tuli sieltä alas isän hartiahissillä. Isä lihotti sitä tarkoituksella. Hän sai kaupan lihamyyjiltä lihamyllyn puhdistamisesta irronneet rääppeet. Yleensä pelkkää rasvaa. Jori oli leimautunut isään, se tunnisti isän askeleet eteisestä ja viimeistään kun käärepaperi alkoi rapista, se ryntäsi keittiöön.

Viljanmaan vieressä on hotelli. En ole vissiinkään siellä ikinä käynyt enkä ole kuullut, että siellä olisi ollut asiakkaita. Se on kuitenkin ainut liikerakennus Vinhan lisäksi, joka on ollut kirkonkylässä samanlaisena niin kauan kuin muistan.

Seuraavana etelään on Koskisen liiketalo. Siinä oli vaatekauppa. Ei ollut sinne asiaa, osuuskaupasta sai sen mitä meidän perheessä tarvittiin. Koskisen talossa oli vaatekaupan jälkeen hetken aikaa Hannu Niemen kodinkoneliike. Sieltä ostin varmaan ensimmäisen älppärini, Tikanmäen Maisemakuvia Suomesta. Ei meillä levaria ollut, mutta Ritvalla oli mummolansa vinttikamarissa. Ritva tuli tänne lukioon kakkosluokalle. Koskisen liiketalo on nätti, minun tekisi mieli hankkia se, mutta en tiedä mitä sillä tekisin. Istuisin varmaan sisällä ja katselisin kirkkoa pellon toisella puolella. Sillä pellolla hiihdettiin ala-asteen hiihtokilpailut. Kisamaku tulee vieläkin suuhun. Kilpailun kolme parasta sai lusikan ja viimeiseksi tullut Sisuaskin. Viimeisestä sijasta kamppailtiin. Kesällä pellolla kasvatettiin sokerijuurikasta ja monet isommat lapset pääsivät kesätöihin kitkemään jurttipeltoa. Juurikkaiden viljely loppui ennen kuin saavutin sen iän.

Seuraava talo on urbaaneinta Ruovettä.
Yhdystalot, kolme kerrostaloa portaittain.
Sinne menehtyi omaan asuntoonsa Vesku
Leinonen, meidän teinibändien rumpali.
Vesku oli talidomidilapsi, toinen jalka
puuttui. Ronskilla huumorilla korvattiin
jalka, mutta karhean ulkokuoren sisällä oli
avulias ja lämmin kaveri. Vesku oli ollut
viimeiset vuodet keskeinen henkilö, kun
pitäjässä korjattiin vanhaa. Yhdystaloissa
silloin Yhdyspankin aikoihin välkkyvät
mainosvalot PYP. Ne syttyivät vuorotellen ja
lopulta paloivat yhtä aikaa. Näytti hienolta,
joskus tuijotin niitä ja ajattelin, että tällaista
on varmaan kaupungissa. Yhdystaloissa oli
äreä talonmies. Siitä olisi ollut kätevä
oikaista yläkylälle, mutta ei tohtinut.
Yhdystalot näyttää olevan nykyään pienen
remontin tarpeessa.

Yhdystalojen yläpuolella oli Paama,
seurakunnan omistama talo, jossa asui
kanttori Latva-Laturi. Eli lukkari, niin kuin
äiti sanoi. Latva-Latureita oli paljon, ja sieltä
löytyi useimmiten kaveri, jos halusi seuraa.
Talo oli jonkinlainen huvikumpu. Kerran olin
siellä, kun vanhemmat tulivat kotiin
mieskuoron matkalta. Samalla matkalla oli
meidänkin isä ja äiti. Matka oli ollut
Tallinnaan tai Leningradiin. Hilkka L-L sanoi,
että Vesalle taitaa olla kotona mieluisia
tuliaisia. Menin kotiin ja isä oli tuonut
kitaran. Sellaisen pienen, missä kaula
lonksui, mutta kitara kuitenkin. Siitä sain
muutaman soinnun ja sitä kyllä rämpyttelin
ihan hirveästi. Ehkä musiikkikipinä oli siihen
laatikkoon piilotettu ja se minuun iski. Mitä
lie isä ajatellut vai oliko vaihtanut johonkin
purkkapakettiin. Ei varmaankaan, ei isä
sellaisia riskejä ottanut.

Paaman vieressä oli TVH:n sorakuoppa. Se oli harjuun kaivettu valtava monttu, jonka pohjalla kauhakuormaaja ja kuormuri näyttivät minikokoisilta. Montun seinämille kaivettiin joskus luolia. Nykyään sellaiset luolat romahtaisivat ja sinne jäisi loukkuun ja Ilta-Sanomissa olisi iso otsikko. Silloin lapset leikkivät itsekaivetuissa luolissa, oli ne lunta tai hiekkaa. Monttu sittemmin täytettiin ja sen päällä on nyt Honkala-koti. Siellä äitikin eli viimeiset pari vuottansa. Honkalakodin vieressä oli väliaikainen kaukolämpölaitos. Ollaan Hämeessä, laitos rakennettiin 70-luvulla ja purettiin ihan vähän aikaa sitten. Sillä tavalla väliaikainen siis. Honkalakodin toisella puolella on vanha keuhkotautiparantola, sen on piirtänyt Lars Sonck ja se on hieno. Olin siellä isän kanssa joskus pienenä, kun kirkkokuoro teki joulukäynnin. Väliaikaisesti rakennus oli 40 vuotta päiväkotina. Soramonttua ei olisi tarvinnut kovin kauaa isontaa, kun parantola olisi romahtanut. Nyt parantola on Kulttuuriparantola, yksi niistä monista rakennuksista, joka apurahojen ja hankerahojen avulla yritetään säästää lopulliselta rappiolta. Parantolan pihassa on ulkorakennus, jossa toimi mehuasema. Ruovesi-lehdessä oli usein seurapalstalla ilmoitus: ”Ruoveden AA-kerho kokoontuu mehuasemalla.”

Yhdystalojen vieressä on vanha apteekin rakennus. Apteekkari oli aikanaan pitäjän suurimpia veronmaksajia vuodesta toiseen. En tuntenut, taisi makailla kotonaan rahojensa päällä, mutta sellainen käsitys minulle jäi, että vähän kiukkuinen vanhahko nainen. Apteekissa oli töissä naisia. Kaikilla oli kova ääni. Sen takia nuoret tytöt hakivat ehkäisypillerinsä Orivedeltä tai Virroilta. Vanhempia naisia harmitti, kun he eivät saaneet kyytiä, vaan peräpukamavoiteet oli otettava omasta kylästä.

Seuraavana sairaala eli terveyskeskus eli
soteasema. Onkohan sieltä valot jo
sammutettu? Siellä minäkin olen syntynyt,
samoin siskot. Ja isä kuollut. Äiti melkein.
Äiti oli myös töissä siellä, ensin keittiössä ja
sitten sairaala-apulaisena eli siivoojana. Sitä
alinta kastia sairaalahierarkiassa.
Keittiöaikoina oli kummallisia työaikoja:
aamuvuoro, iltavuoro ja pätkäpäiviä. Ne oli
kaksiosaisia, aamulla neljä tuntia, illalla
toiset neljä. Välissä puoli päivää vapaata. Ei
kukaan sellaisia suostu enää tekemään.

Syntymästäni tiedän sen, että se oli vaikea. Meinasin menehtyä ja viedä äitini mukanani. Kätilö lohdutti, että tämä poika ei tervettä päivää näe. Siihen nähden on mennyt ihan mukavasti.

Sairaalaa vastapäätä on kansakoulu eli
puukoulu, meidän eka ja tokaluokka.
Välitunnit pelattiin jalkapalloa. Toiset
keinuivat. Minä juoksin kerran täysillä päin
rekkitankoa ja taju meni. Ilmeisesti aika kova
aivotärähdys. Tokaluokan ekana päivänä
hajosi upouudet koulusammarit polvesta,
kun pelattiin jalista. Uusi ope Tuula joutui
heti ensimmäisenä työpäivänään
haavanhoitoon. Arpi on vieläkin polvessa, äiti
ei ihme kyllä ollut vihainen hajonneista
sammareista vaan ompeli paikan.

Osasin jotenkuten lukea ja vähän laskeakin,
kun menin kouluun. Aapinen oli Kirsi
Kunnaksen kirjoittama, sehän on taideteos
näin jälkeenpäin katsottuna. Laskento oli
kummallista, tai ei se mitään laskentoa ollut.
Se oli joukkoja ja unioneita. Mikä kuuluu
joukkoon ja mikä ei? Ensivaikutelma
matematiikasta oli hämmennys.

Kerran Kepa meni välitunnilla sanomaan opelle, että Pavosen Heska on jäänyt auton alle. Opettaja soittamaan sairaalaan, että oletteko huomanneet, jos ette, käykää hakemassa paikattavaksi. Kepa joutui jälki-istuntoon.

Perjantaiaamuisin koulu alkoi kymmeneltä, mutta tultiin yhdeksään silti. Torstaina oli telkusta tullut Myrskylinnut ja me vedettiin se jakso koulun pihalla uudestaan.
Jokaisella oli omat roolit sen sarjan mukaan.

Ekalla luokalla syötiin luokassa. Sain Repen
voinapin, kun Repe oli kipeänä. Laitoin sen
taskuun, kun käsissä oli jo lautanen ja muki.
Voi suli taskuun. Näytti ihan siltä, että olisin
pissannut housuun. Kerran Niinan
vanhemmat olivat kutsuneet luokan
tutustumaan meijeriin. Minulta alkoi
lähtötohinassa vuotaa nenästä verta.
Opettaja käski jäämään luokkaan, siellä
sitten nipistin nenääni pari tuntia ja kun
kouluaika loppui, lompsin kotiin.

Meillä oli ekalla luokalla kolme eri opettajaa. Niistä ei ole hyviä muistoja, mutta tokalla oli tuo Tuula. Tuula oli nuori ja mukava ja nykyaikainen. Paitsi kerran, kun jo oltiin kolmannella luokalla. Oltiin oltu Masan kanssa kirkonkylällä ja Tuula oli tullut vastaan. Ei oltu huomattu, mutta Tuula piti meille hurjan puhuttelun, että jos kylällä tulee opettaja vastaan, silloin pitää tervehtiä, te olette jo niin isoja poikia. Otettiin torut vastaan, ei osattu puolustautua, että ei me olla huomattu opettajaa. Tuli epäoikeudenmukainen olo. 30 vuotta myöhemmin näin Tuulan kaupassa. Sanoin vitsillä, että täytyy tulla tervehtimään, ettei tule puhuttelua. Myöhemmin päivällä soi äidin puhelin Sointulantiellä. Tuula siellä oli ja tuntui olevansa kovasti pahoillaan, jos hän on ollut ihan kamala opettaja. Yritin selittää, että koitin olla siellä kaupassa hauska. Ja päinvastoin, pelkästään hyviä muistoja on hänen luokaltaan.

Tuulan luokalla tokalla oltiin Masan kanssa järjestäjinä. Kun oli järjestäjä, sai olla sisällä ja soittaa harmoonia. Sitten se kiellettiin, kun oli ollut banaania välipalana, eikä käsiä ollut tullut pestyä ennen harmoonin soittoa.

Se on ollut talvea -73-74, kun kävelin
kirkonkylällä. Katselin hyvän tovin pimeyttä,
kaikki katulamput oli pimeinä, kauppojen
näyteikkunoissa eikä kylteissä ollut valoa, ei
ketään liikkeellä. Oli aavemaista ja sellainen
tunne, että jotain pahaa on tapahtumassa.

Kivikoulussa oltiin kolmannesta viitoseen.
Iso piha. Kun kirkonkellot soi ja ruumisauto
meni ohi, jalis pistettiin poikki ja pojat otti
lakin päästä. Helvi Salmela oli meillä
kolmannella opettajana. Koti, uskonto ja
isänmaa. Helvi oli isän kuorokaveri
kirkkokuorosta. Hän pyysi minua kerran
lausumaan Heikki Asunnan runon Niilo
Tarvajärven aamukahveilla -ohjelman
suorassa lähetyksessä VPK:n lavalta. Ensin
kieltäydyin, sitten kaduin ja suostuin. Helvi
treenasi minua, runo varmaan oli koskettava
pikkupojan lausumana. En ehtinyt suoraan
lähetykseen, Tarvajärvi höpisi niin pitkään
omiaan. Äiti suuttui ja kirjoitti tulikiven
katkuisen kirjeen YLE:lle. Sieltä tuli
lohdutukseksi esiintymispalkkio, 5 mk.

Helvi sai pidäteltyä närkästyksensä, kun me Masan kanssa esitettiin kolmannen luokan pikkujoulussa Joulurokki. Masa soitti harmoonia, minä virsikannelta muka bassona. Ilmeestä näin, ettei oikein ollut opettajan makuun. Masalla oli vielä huonompi käsiala kuin minulla. Istuttiin peräkkäin, joten Helvillä oli helppo tukistaa kumpaakin samalla kertaa. Salmelat asuivat koulun naapurissa Ohrapäässä, Palmenin rakentamassa hienossa talossa. Siellä oli upea puutarha. Ja Salmelan perheessä oli kaikki mukavia ihmisiä.

Kekseliäisyyttä vaadittiin, kun pienillä resursseilla koitettiin saada kouluopetukseen vaihtelua. Helvin idea oli Kalevala-televisio. Jokainen oppilas piirsi kuvan Kalevalasta ja ne liimattiin kronologiseen järjestykseen pitkäksi rullaksi. Isoon pahvilaatikkoon oli tehty telkkariruudun näköinen reikä ja rullaa kelattiin laatikossa niin, että saatiin elävää kuvaa näyttävä laatikko. Helvin näytelmäkerhossa esitettiin Z. Topeliuksen Suojelusenkeli. Roolini oli Mylly-Matti ja nuttuni alle oli topattu paksut patjat. Posket punoittivat tarpeeksi ilman meikkiäkin. Kerhossa tuli opituksi esiintymistä, mutta perimmäinen tarkoitus vissiin oli näytelmän eettinen opetus.

Neljännellä luokalla oli opettajana Jouko Järvensivu. Kova urheilija, lenkkeili ja hölkkäsi jo 70-luvun alkuvuosina, oli siis aikaansa edellä. Kerran kerroin vitsin tunnilla koko luokalle: "Juutalaisnainen oli tatuoinut Hitlerin kasvot vatsaansa. Häneltä kysyttiin, miksi noin olet tehnyt? Nainen vastasi, että hän haluaa nähdä kuinka Hitlerin naama venähtää, kun juutalaiskansa lisääntyy." Järvensivu ei suuttunut, peitti närkästyksensä, pokka piti. Ilmeisesti hoksasi, etten minä ollut tajunnut siitä yhtään mitä olin suustani päästänyt.

Kivikoulun aikoihin kolmannella luokalla meille piti liikuntaa eri opettaja kuin oma vakituinen opemme. Liikuntatunneilla joskus harvoin pelattiin pallopelejä, sen sijaan paljon ihan vaan juostiin. Juostiin tietä pitkin laivarantaan ja takaisin, juostiin jäällä saareen ja takaisin. Joskus oli myös Urtsulla sisäliikuntaa, mutta ei sielläkään juuri mitään pelattu. Koripallokoreja ei siinä salissa ollut, eikä sählyä eli salibandya varmaankaan oltu vielä edes keksitty. Mitä siellä sitten tehtiin? No sulkeisia tietenkin. Salia ympäri ”tahdissa, mars”, ”käännös oikeaan päin”, ”seis”. Silloin ei oikein auennut, että miksi me sitä tehtiin. Eikä se vieläkään ole selvää, siihen aikaan elettiin rauhaisan luottamuksen YYA-aikaa.

Kivikoulun pihalla oli ulkorakennus, jossa oli vessat. Samassa rakennuksessa oli myös vaja, jossa säilytettiin paperinkeräykseen tuodut lehdet. Meilläkin oli koulussa keräys, jonka tuotolla ostettiin sähköurku musaluokkaan. Artsi organisoi. Se oli iso ponnistus, vaati paljon talkoota. Jätepaperin pinkkaaminen oli kuitenkin mieluisaa, sillä välillä siellä seassa vilahti Ratto ja Jallu. Jotkut niistä oli tilattu kotiosoitteisiin.

Yläkoulussa oli hyviä ja huonoja opettajia. Taisi olla vähän jälkikaikuja kansalaiskoulusta, joitakin selvästi suojatöissä olevia eläkettä odottavia jäähdyttelijöitä yritti meille opettaa kansalaistaitoa ja-mitä-niitä-nyt-olikaan. Ammatinvalinta oli toinen turhake. Mutta onneksi oli huippujakin. Mauno Metsälä oli sellainen. Saksa über alles. Biologiassa Patsi Makkonen, jonka tunnit oli kivoja, jos osasi piirtää. Ja joitain hyviä matematiikanopettajia. Yhden käden sormilla laskettava määrä. Olin keskitason oppilas, mutta selvästi alisuoriutuja. Kukaan ei erityisemmin kannustanut. Eikä odottanutkaan mitään erityistä.

Mauno Metsälästä on muisto ajalta koulun päättymisen jälkeen. Olin töiden kautta tutustunut saksalaiseen kollegaan, joka työskenteli Kölnissä, WDR:n radio-orkesterissa. Kutsuin hänet eräänä kesänä Suomeen ja kierreltiin tietysti Ruovettäkin. Poikkesimme laivarantaan ja näin siellä Maunon viettämässä aikaa poikansa Esan poikien kanssa. He heittelivät kiviä siinä rantaviivalla, ja koska tunsin Maunon aika hyvin – Esa oli hyvä kaverini – päätin esitellä kollegani Ingon hänelle. Arvelin, että Mauno mielellään jutustelee saksan kielellä natiivipuhujan kanssa. Ingo ja Mauno antautuivatkin sitten intensiiviseen keskusteluun, minä heittelin pikkupoikien kanssa kiviä. En tiedä kauanko siinä meni, ainakin kivet alkoivat rannasta jo käydä vähiin. Lopulta Ingo tuli luokseni, hän melkein läähätti: "Olen aivan poikki. Tuo herrasmies osaa niin täydellistä saksaa, että minä tunnen olevani täysi juntti ja ääliö. Jouduin skarppaamaan niin, että en jaksa tänään ajatella enää mitään."

Historiaa opetti Jaakko Tuulasvaara. Hänellä
oli tapana kirjoittaa taululle omasta
muistikirjastaan. Hoksasin, että siskoni
Elina oli kirjoittanut samat jutut viisi vuotta
sitten ja siistillä käsialalla. En kirjoittanut,
mutta en oppinutkaan.

Äidinkieltä opetti Pirkko Selkee. Opin
esimerkiksi sen, että viikonpäivät kirjoitetaan
pienellä alkukirjaimella. "Vaikka lauantai on
RuoSkA:n pelipäivä, se kirjoitetaan silti
pienellä", opasti Pike. Esitelmä oli pidettävä
kerran vuodessa, yläasteella siis kaiken
kaikkiaan kolme kertaa. Aiheeni olivat
lasersäde, hypnoosi ja rock-muusikon elämä
Suomessa.

Käsityö oli mukavaa, koska opettaja
Löyttyniemi antoi tehdä sellaisia juttuja,
jotka kiinnostivat. Minä tein
roudauslaatikon, tai salkun, johon meni
kitarapiuhoja, telineitä ja mikkejä.
Pehmustin sen sisältä huovalla, joka oli
kierrätystavaraa. Huomio! Oltiin 30 vuotta
edellä aikaamme! Huopa oli kerätty niistä
rakennelmista, jotka oli pystytetty
suunnistuksen MM-kisojen
kilpailukeskukseksi urheilukentälle.

Yläasteaikoihin koululle hankittiin tietokone.
Se oli kirjavarastossa, siinä oli näyttö, jonka
kuva oli vihertävä ja siinä meni pallo puolelta
toiselle. Se oli varmaankin jokin peli. C-
kasettisoitin oli koneen vieressä ja siinä oli
ohjelmat. Radiostakin tuli ATK-aiheinen
ohjelma ja dataa lähetettiin ohjelman
yhteydessä. Juontaja varmisti, että
kuuntelijoilla oli kasetti valmiina ja sormi
rec-näppäimellä valmiina äänittämään.
Sitten kuului sirinää ja surinaa. Koulussa oli
silloin yksi opettaja, Vilenius, joka osasi
käyttää tietokonetta. Toinen, joka siitä
ymmärsi oli meidän (rinnakkais)luokan
Raino.

Liikuntaa opetti Virkajärvi. Se oli
kokonaisvaltaisen terveellisen elämän
opettamista. Telinevoimistelu oli tuohon
aikaan vielä arvossaan, mutta minulle se
aiheutti enemmän kipua kuin hyvinvointia.
Pallopelejä oli harmittavan vähän. Eikä
maalin jälkeen saanut tuulettaa, koska
Mikon mielestä se oli vastustajan
halventamista. Tytöillä oli liikuntaa tietysti
samaan aikaan, mutta omassa ryhmässään.
Siitä lähti aina pari tyttöä suihkuun ennen
muita ja siitä me tiedettiin, kenellä on
kuukautiset.

Urheilukentän vieressä oli metsään tehty
pururata. Se oli ensin kilometrin mittainen.
Siinä juostiin Cooperin testit. Joskus kävin
lenkkeilemässäkin siinä, mikä on vähän outo
juttu, koska metsäpolkujakin oli loputtomiin.
Kerran kuitenkin pururadalla lenkillä
törmäsin norsuun. Säikähdin ja luulin
seonneeni. Oli se kuitenkin ihan oikea norsu,
huiteli kärsälläänkin niin kuin telkkarissa.
Mutta onneksi se ei ollut villinorsu, sillä oli
taluttaja. Tajusin sitten, että taitaa muuten
olla sirkus kylällä. Niinhän se oli,
urheilukentälle oli pystytetty iso teltta.

Yläasteen pihapiirissä oli kirjasto. Se
rakennettiin vuonna 76. Muistan sen siitä,
kun minulla oli kirjastokortin numero 76.
Kirjastonhoitajana oli Leppäsyrjä, kaverini
Jussin äiti. Jussin kautta oli mahdollista
esittää levyhankintatoiveita. Kirjastossa oli
joskus disko. Joku soitti levyjä isoista
stereokaiuttimista ja yleisö oli piilossa
hyllyjen väleissä. Toisena virkailijana oli Eeva
Tuulasvaara. Kovaääninen nainen. Kerran
luin lehtiä ja kuulin kuinka eräs vanhempi
rouva tuli palvelutiskille. Kuiskasi: "Onko
teillä sellaisia kirjoja seksistä?" Tuulasvaara
vastasi huutamalla: "Ai minkälaisia
seksikirjoja, sellaista tietokirjaa vai niinkun
pornoa"? Rouva näytti siltä, että olisi
halunnut kaivautua kokolattiamaton raosta
muurahaisten käytäviin.

Koulun lähellä on linja-autoasema. Joskus muinoin siellä oli montakin onnikkaa samaan aikaan. A. Tiura, Frans Kovanen, K. Manninen, Alhonen & Lastunen. Kuruun, Virroille, Tampereelle, Mänttään. Mäntässä isännät kävivät viinakaupassa. Mannisen auto lähti aamukahdeksalta, oli Mäntässä ennen yhdeksää, lähti vartti yli takaisin Ruovedelle. Siinä ajassa ehti hakea ruskeaan salkkuun pari kolme Kossua. Mäntässä oli yksi risteys, jossa oli liikennevalot. Sinne ajettiin autokoulussa harjoittelemaan kaupunkiajoa. Kuruun ja Vilppulaan oli aivan karmeat tiet. Niillä ajettiin joskus Jyväskylän suurajoja. Mäntässä oli ammattikoulu. Ruovedellä Ruhalassa oli emäntäkoulu. Sinne meni ne tytöt, jotka eivät vielä tienneet, minne halusivat.

Linja-Autoaseman nurkilla ajeltiin
polkupyörillä ja välillä kurkittiin sisälle.
Masan kanssa arvuuteltiin, ketkä meidän
ikäisistä sitten joskus siellä istuvat
kaljoittelemassa. En osaa sanoa, osuttiinko
oikeaan, Lintsillä ei ole enää kuppilaa. Linja-
autoasemalla oli pieni kukkakioski. Se oli
erillinen koppi, missä oli aukaistava
ikkunaluukku. Kai sillä yritettiin estää, ettei
kukat haisisi niin kovasti tupakille. Isä antoi
vähän rahaa ja lähetti minut ostamaan
äidille tulppaanin. Yhteen aikaan taisin
käydä kerran viikossa. Eipä ole tuokaan hyvä
tapa periytynyt minulle. Lintsillä oli myös
ensimmäinen mikroaaltouuni, jonka tiesin.
Elina tuli kerran kotiin ja selitti ihmeissään,
että siellä on sellainen uuni, jossa vaan
ruoka lämpenee, ei lautanen ollenkaan. Ja se
on nopea. Muistan että uuni oli iso ja
keltaisen oranssi.

Aivan pikkupoikana, neljän-viiden ikäisenä, linjurit vetivät puoleensa. Lähdin Lintsille kerran omin päin seikkailemaan ja katselemaan niitä. Äiti suuttui ja pelästyi, olihan se vaarallista. Sain vitsaa, se oli ainut kerta kuritusta. Jotenkin aavistin, että äidillekin se oli vastenmielistä, mutta ymmärrän kyllä sen vaaran aiheuttaman mielenkuohun. Varmaan hänen oma onnettomuutensa kummitteli mielessä, hänhän oli jäänyt auton alle ihan vähän aikaisemmin ja joutunut olemaan sairaalassa viikkotolkulla.

Pikkupoikana makailin pitkiä aikoja
pihakeinussa ja katselin taivaalle. Päättelin,
että jos maapallo on pyöreä ja sen ympäri
pyörähtäminen kestää vuorokauden, niin
silloin samat pilvet ohittavat minut taivaalla
samaan aikaan seuraavana päivänä. Painoin
mieleeni, minkälaiset pilvet on taivaalla ja
paljonko kello on. Seuraavana päivänä
kokeilin, pitääkö johtopäätös paikkaansa.

Yhtä vitsan antamista lukuun ottamatta
äidin kasvatus oli ymmärtäväistä ja
viisastakin. Ala-asteikäisenä olin saanut
jostain tupakan. Sytyttelin sen ja imaisin
parit savut yläkerran kammarissa. Äiti
tietysti haistoi sen heti kun tuli kotiin.
Pelästyin, että nyt tulee huutoa, sehän taisi
olla tapana, kun tupakkakasvatusta
annettiin. Äiti kysyi: "Oletko polttanut
tupakkaa?" Vastasin: "Joo, maistoin." Äiti:
"No, miltä maistui?" Kohautin olkapäitäni. Se
siitä, se riitti.

Isä oli kasvatuksessaan sanoisinko niukka.
Hänen kanssaan taisi olla tärkeämpää se,
mistä ei puhuttu kuin mistä puhuttiin. Ei
hän silti mitenkään etäinen tai kylmä ollut,
päinvastoin. Kärsivällinen ja ymmärtäväinen,
paitsi kerran kun sain hänet tulistumaan.
Minua odotettiin kentällä ja olin jo
jääkiekkovarusteet niskassa, mutta oli
ruoka-aika ja olisi pitänyt jäädä syömään.
Rissasin ja mussutin ja länkytin, kunnes isä
sanoi, että senkun menet, ruokaa saat sitten
huomenna ja kantoi minut ulos
niskapersotteella. Tulipahan nähtyä sekin,
että isältäkin voi palaa päreet.

Linja-autoaseman taakse rakennettiin
kerrostaloalue. Hakataloja. Moderneja,
talojen keskellä oli hiekkalaatikko. Ihan
sellainen virallinen, se vaikutti paljon
hienommalta kuin meidän tontin nurkassa
oleva monttu. Sitä paitsi näytti siltä, että
siellä oli aina joku leikkimässä eli kavereita
saatavilla. Eipä se niin helppoa ollutkaan
sinne soluttautua. Niillä oli omat leikkinsä.
Minulla oli monttu, jota sai kaivaa niin
syvälle kun jaksoi ja montun takaa aukesi
Etelä-Suomen suurimmat erämaat. Siellä
mahtui leikkimään. Yhtenä kesänä meillä
olikin kunnianhimoinen urakka. Masan
kanssa meinattiin rakentaa oikea
jalkapallokenttä. Aika isolta alueelta saatiin
kunttaa rullalle ja merkattiin jo, mitkä tukit
pitäisi kaataa. Isä ei suostunut, oli
Ritoniemen metsää. Nyt siinä on päiväkoti.

Hakatalojen lähellä oli monttu, josta oli joskus kaivettu hiekkaa. Siinä oli pohjalla sen verran vettä, että se näytti lammikolta. Talvella se oli ensimmäinen paikka, missä saattoi luistella. Kipinät lenteli luistimien teristä. Joku oli heitellyt kiviä jäätyvän veden päälle. Sitä paikkaa sanottiin Ruovesi-montuksi. Nimi oli kai tullut siitä, että kartantekijä oli kävellyt maastossa ja kysynyt nööseiltä, että mikäs tämän lammen nimi on? Nöösit olivat keksineet, että Ruovesimonttu.

Yhden Haka-talon pihalla oli parkissa hieno VW Kleinbus, jossa oli teippaukset "Henrik Heinän yhtye". Se oli maineikas tanssiorkesteri ja kuulin usein, kun se harjoitteli viereisen Honkalakodin kerhotiloissa. Joskus hiivin kuuntelemaan soittoa sinne sisäänkin, mutta se oli vähän kiusallista, koska bändi lopetti aina soittamisen, kun joku tuli ovesta sisään tai lähti pois. En olisi halunnut sellaista huomiota.

Koukkulampi on siinä lähistöllä myös. Siellä meillä oli oma laituri. En tiedä, mistä sellaiseen haettiin lupia, Ritoniemeltä kai. Siinä oli monta laituria rivissä, osaa niistä käytettiin joka kesä. Meillä pestiin mattoja. Ei kovin ekologista, mutta ei siitä kauhean kauaa ollut, kun parantolasta oli laskettu jätevedet Koukkulampeen. Kerran olin isän kanssa ongella. Se oli sellainen Trip -onki. Mukavaahan se oli, en montaa kertaa isän kanssa kahdestaan mitään tehnyt, silloin pikkupoikana. Koukkulammen toiseen päähän sitten tuli meille kesämökki ja vielä sen jälkeen talo. Se oli kiva paikka, nimeltään Perukka.

Kesämökillä – tai saunamökillä, niin kuin isä
sanoi, vietin monta kesää aika lailla
itsekseni. Siinä oli muutama kaverikin,
Timppa, Kristiina ja kesäisin Ritva. Se oli
sopivan kaukana kotoa, mutta kuitenkin sen
verran lähellä, että valvonta pelasi. Mökin
naapurit auttoivat valvonnassa.

Perukan taloa isä rakensi viisi vuotta, tai ainakin neljä. Hän teki sitä enimmäkseen yksin, vaikka oli siellä pari kirvesmiestä iltahommissa. Reilun kymmenen ikäisestä tuntui, että talon rakentaminen kesti ikuisuuden. Varsinkin kun luvassa oli oma huone. Rakennustyömaalla tehtiin iso valu heti seuraavana päivänä meidän rippileirin jälkeen. Minun kannaltani huono ajoitus, koska leirillä oli valvottu koko viimeinen yö. Minun piti tehdä betonimyllyllä valettavaa, mutta nukahdin seisaaltani, kun pysähdyin nojaamaan lapioon.

Kävin jo lukion ekaa luokkaa, kun talo alkoi
olla valmis. Mitään sen kummempia
muuttosuunnitelmia en ollut vanhemmiltani
kuullut. Yhtenä perjantai-iltana isä tuli
kotiin ja sanoi, että Osuuskaupan kuorma-
auto tulee kohta, tänään muutetaan.
Kuormuri tuli pihaan ja tavarat Tonttilasta
kannettiin kyytiin ja purettiin Perukkaan.
Minulla oli oma huone.

Oma uusi huoneeni oli tilava, se oli eri
kerroksessa kuin muu asunto ja siellä
mahtui harrastamaan. Erään hiihtoloman
käytimme Kimmon kanssa tekemällä
animaatioelokuvan. Meillä oli lainassa
kaitafilmikamera, jolla pystyi ottamaan
yksittäiskuvia. Teimme muovailuvahasta
hahmoja, Kimmo niitä enimmäkseen
muotoili. Leffan juoni mukaili koulussa
esitettyä Joulukalla -musikaalia ja nimeksi
tuli Joulukalja. Animaation tekeminen on
hidasta ja viikko siihen oli lyhyt aika.
Tehostimme työskentelyä loppuviikosta ja
teimme loppukohtauksesta tulipalon.
Kerralla purkkiin.

Koukkulampi oli mukava leikkipaikka.
Vaikka pohja oli mutainen niin vesi oli
lämmintä. Opin uimaan niin, että äiti oli
tehnyt uimaliivejä. Niissä oli styroksia edessä
ja takana. Kangas vaan oli niin joustavaa,
että styroxit jäi pinnalle kun liivit venyi. Ja
uimari upposi, ellei alkanut uimaan.
Koukkulammella oli mukava onkia, kalojakin
tuli ja kissahan ne söi. Se ei osannut
lopettaa, söi niin kauan kun kalaa tuli. Sitten
se oksensi ämpärillisen mössöä. Muistan
vielä Perukan ruohon jalkojen alla kuumana
kesäpäivänä. Tontti oli joskus ollut peltoa,
multaa oli melkein puoli metriä, eikä sellaista
hellekesää ollut, että nurmikko olisi kärsinyt
kuivuudesta. Sitä apilamaton viileyttä
varpaiden välissä on ikävä.

Koukkulamminperän asuinalue oli mukavasti piilossa. Siellä oli muutama 40-luvun talo, en ole ihan varma olisiko se ollut sota-ajan jälkeistä asuttamista. Joidenkin talojen pihalla oli pieni navettakin. Yhdessä taloista asui vanhan äitinsä kanssa Sulo, sotainvalidi. Hän oli vammautunut saatuaan kranaatinsirpaleen päähänsä, eikä sitä oltu voitu sieltä poistaa. Sulo oli aluksi vähän pelottava, mutta hänestä tuli sitten hyvä kaveri. Hänellä oli omat manauksensa aina kun tavattiin, ja hän kulki talosta toiseen pelaamassa paskahousua. Aina parin häviön jälkeen hän sanoi "Ei maar, jos lähtis kotmökille kahveenkeittoon". Paljon myöhemmin tajusin, miksi isä kovasti arvosti Suloa. Sulo oli syntynyt kaksi kuukautta ennen isää, ja oli aivan poikasena joutunut rintamalle. Isä oli kyllä ollut Turussa Heikkilän kasarmilla koulutuksessa ja valmiina sotaanlähtöön, mutta rauhantulo ehti ennen. Pari kuukautta, muutama viikko ikäeroa, ja elämät aivan erilaiset.

Tonttilassa kirkkokankaalla, siinä ensimmäisessä kodissani, ruoho kuivui joka kesä. Pihassa kasvoi syreeni, sellainen käkkärä. Minulle jäi kuva, että syreeni on ankeiden paikkojen puu. Tonttila oli mäntykankaalla, siellä ei kasvanut oikein mikään. Korvissa kuului hellekesinä hento ritinä, kun metsä oli niin kuivaa. Ukkosten jälkeen saatiin jätskiä. Salama katkoi sähköjä ja isä toi kaupalta saavillisen sulavaa jäätelöä muksuille. Sitä syötiin niin paljon kuin kerittiin. Joskus kaupalta tuli myös salmiakkia laatikollinen. Tehtaalla oli jäänyt joku aineosa pois ja koko salmiakkirasiasta oli tullut yksi iso kokkare. Kyllä se kelpasi.

Isä toi kaupalta paljon muutakin pois
heitettyä. Yksi kummallisimmista oli
röntgenkone. Kenkäosastolla sillä katsottiin,
onko kenkä asiakkaalle sopivan kokoinen.
Meille se onneksi tuli virtajohto katkaistuna.
Purin sen ja siinä oli sisällä monta litraa
notkeaa öljyä. Se toimi hyvin polkupyörän
ketjuissa.

Opin ajamaan pyörällä Tonttilan pihassa.
Siinä oli sen verran mäkeä, että pyörää ei
tarvinnut heti polkea. Laskin sitä alaspäin ja
aloin polkemaan ja huomasin ajavani.
Mahtava tunne, maailma aukesi edessä.

Legot olivat suosikkilelujani. Niitä sai silloin
tällöin lahjaksi jouluna tai synttäreinä.
Silloin palikat olivat simppeleitä ja rakentelu
kysyi mielikuvitusta. Autoja niistä pystyi
rakentamaan ja kun lattiamatossa oli
sopivasti ruutuja ja raitoja, siihen saattoi
kuvitella kaupungin. Legoilla leikkiminen oli
omaa yksityistä aikaa, sitä tein silloin kun ei
ollut kavereita.

Anttilan postimyyntiluettelo oli ikkuna
yltäkylläisyyteen. Siinä oli paljon katseltavaa
ja se ruokki mielikuvitustani – myös
Legoista, jääkiekkovarusteista ja
polkupyöristä.

Tonttilassa sinetöin kalastusharrastukseni. Sain kummitädiltä kymmenvuotislahjaksi virvelin. Harjoittelin pihassa ja heitin vieheen sähkölankoihin. Siima piti katkaista.

Synttärini sattui usein juhannukseksi. Olikin
iso pettymys, kun kavereita ei tullutkaan
synttäreille, kun kaikki olivat mökeillään.
Juhlia alettiinkin pitämään toukokuussa,
jotta kaikki pääsisivät. Masalta sain yhtenä
vuonna Jules Vernen kirjan Sukellusveneellä
maailman ympäri. Ajattelin, että höh, kirja.
Luin sen sitten monen vuoden päästä ja
silloin harmittelin, miksi en ollut lukenut sitä
aiemmin. Murkkuiältäni muistan
lukuelämyksenä Alpo Ruuthin Kämpän.
Jostain syystä se puhutteli ja siihen oli
helppo eläytyä.

Meillä oli puuvene Vasikkaniemessä eli
uimalaitoksella. Isä tervasi sitä keväällä.
Kerran kesässä tehtiin retki Häyhiöön, se on
saari keskellä isoa selkää ja siellä on hieno
hiekkaranta. Evästä oli iso korillinen. Kerran
alkoi nousta ukkonen ja isä souti tosi kovaa
sieltä pois. Vesi kohisi veneen keulassa ja
isän käsivarsilihakset pullistelivat. Vene
siirrettiin sitten Koukkulammelle ja sinne
rantaan se mätäni. Isä sai kuitenkin äidiltä
50-vuotislahjaksi lasikuituveneen. Veneeseen
tuli reikä kylkeen, kun vedin sen maihin ja
se nojasi kannonnokkaan. Äiti väitti, että olin
tehnyt sen tahallani. En tietenkään. Äiti
väitti myös, että minä ja Matti-serkku oltiin
kiusallamme kaataneet melkein kaikki koivut
rannasta. Ei tietenkään. Meidät määrättiin
savottaan harventamaan pusikkoa ja äiti
sanoi, että harventakaakin reilusti. Ei se
tajunnut, että reilusti tarkoittaa 14-vuotiaille
enemmän kuin pikkupojille. Tehtiin töitä
käskettyä ja luultiin tekevämme hyvä työ.

Ensimmäiset kaverini, jotka muistan lapsuudestani, oli Terhi ja Kati. Kati oli meillä päivähoidossa, Terhi asui melkein naapurissa. Molemmat olivat minua pari vuotta nuorempia. Paljon leikittiin, enpä juuri muuta muista. Terhi oli aika kekseliäs. Olin kerran niillä hoidossa jostain syystä. Ruokana oli hernekeittoa ja lättyjä. Terhi halusi välttämättä lätyt ensin. Meillä kotona sellaista ei edes olisi tullut mieleen kysyä. Mutta Terhin isä vastasi: "Tietenkin!"

Katin kanssa leikin linjuria. Raahattiin tikapuita, se oli leikisti linja-auto. Minä edessä, Kati perässä. Välillä katsoin taakse ja Kati näytti väsyneeltä.

Kävin nappulakerhossa seurakuntatalolla. Siellä tutustuin Masaan. Mentiin samalle luokalle kouluun, harrastettiin musiikkia ja soitettiin yhdessä. Masa soitti pianoa, minä kitaraa. Masan isä antoi ensimmäisen yhteissoitto-ohjeen: "Ei saa pysähtyä tankkaamaan, jos soittaa yhdessä." Tehtiin tietysti paljon muutakin kuin soitettiin. Masa asui KOPin talossa. Sillä oli kylpypäivä keskiviikkoisin. Minusta se oli kummallista. Sitten Masa lähti lukioon Hämeenlinnaan.

Oli minulla jo silloin onneksi muitakin kavereita. Kimmon näin ensimmäisen kerran partiolaisten Jyväskylänmatkalla. Olin kuullut hänestä jo monia juttuja aikaisemminkin, Löyttyniemen pojat olivat kertoneet. Kimmo osoittautui juttujen veroiseksi. Kimmonkin kanssa soitettiin paljon. Ilkan ja Lassen näin ensimmäisen kerran niiden kotitalon pihalla leikkimässä kuralätäkössä kevätleikkejä. Sen on täytynyt olla vuonna 1970. Se Hakatalo oli aivan uusi, mentiin Leenan kanssa siitä ohi, vai mentiinkö juuri Löyttyniemelle? Ilkalla ja Lassella oli samanlaiset lakit, sellaista kangasta, mitä vielä on Reino-tossuissa. Esaan kai tutustuin koulussa. Esa oli nopea juoksemaan ja hyvä matikassa. Yläasteiässä meillä oli hyvä ryhmä. Siihen kuului tyttöjä ja poikia. Kylältä aina kuului huhuja, kuka seurustelee kenenkin kanssa, mutta ei kukaan seurustellut kenenkään kanssa. Kaikki siinä porukassa olleet on vissiin pärjänneet elämässä ihan hyvin.

Seurakuntanuoriin kuuluttiin varmaan
kaikki. Seurakunta olikin ainoa, joka järjesti
nuorisotyötä siihen aikaan. Pakolliset
hartaudet oli, ne oli jotenkin maksu siitä,
että saatiin olla yhdessä. Kunnallakin oli
joitain leirejä, mutta ne miellettiin jotenkin
vasemmistolaisiksi. Ainakin kunnan
nuorisotyöntekijät vaikutti
vasemmistolaisilta, eikä miltään demareilta,
vaan ihan pioneereilta.

Kanttori Latva-Laturi oli pitäjän musiikkitoiminnan primus motor. Kirkkomuusikko, joka opetti koulussa päivät, antoi iltapäivisin musiikkiopistossa pianotunteja ja johti kuoroja iltaisin. Lapsikuorossa ja nuorisokuorossa ehdin laulaa, mieskuorossa enkä kirkkokuorossa tietenkään en, isä hoiti ne. Lapsikuoroon kuului jossain vaiheessa varmaan yli puolet kirkonkylän muksuista, niiltä ajoilta on todisteena kuva Ruovesi-lehdestä. Lapsikuoron talven huipennus oli matka Orivedelle uimahalliin, koko halli oli varattu meidän käyttöömme ja siellä sai melskata rauhassa omalla porukalla.

Mieskuorokin teki 70-luvun puolivälin
jälkeen ensimmäisen ulkomaanmatkansa.
Pääsin mukaan, äitikin lähti ja sama tilanne
oli onneksi Kimmolla, eli minulla oli kaveri
koko reissun ajaksi. Laivalla mentiin
Ruotsiin ja Mannisen linjurilla etelään
Mönsteråsiin ystävyyskuntaan. Linja-auton
peräosan oli valloittanut kunnan johtavat
virkamiehet ja luottamushenkilöt. Heille
reissu oli kaikkea muuta kuin
esiintymismatka. Se ilmiselvästi harmitti
Latva-Laturia, joka oli ihan musiikkimielessä
liikkeellä. Isästäkin paistoi harmitus, mutta
kuten tavallista, hän nieli kiukkunsa.

Mannisen linjurit tulivat tutuksi. Istuin
pikkupoikana mielelläni Eskon vieressä
rahastajan penkillä ja katselin tietä ja
maisemia. Joskus, kun alkoi väsyttää, Esko
sanoi, että mene tuohon nukkumaan.
Nukuin sitten siinä moottorikuvun päällä ja
Esko pysyi hereillä Vita-Novan voimalla.

Pastori Huilla pisti jääkiekkojoukkueen pystyyn, se oli ensin seurakunnan nuorisotyötä, sitten Ruoskasta on tullut iso seura, oli joskus myöhemmin Suomisarjaankin tyrkyllä. Huilla meitä kasvatti varmaan yhtä paljon kuin vanhemmat. Se yritti puhua minua ympäri, etten lähtisi soitto-oppilaaksi. Se sanoi, että se armeijan soittokoulu on orpojen paikka. Vaan kyllä niillä muillakin soitto-oppilailla oli ihan kokonaiset perheet.

Jääkiekko oli ollut intohimoni jo pienenä.
Sain joka joulu lahjaksi jonkun varusteen, ja
aina kun pukki oli tuonut uuden suojuksen,
nukuin se puettuna seuraavan yön.
Varusteiden kerääminen kesti aika monta
vuotta. Äiti ymmärsi jääkiekkoinnostukseni
ja kutoi maton, jossa oli Tapparan värit.
Joskus olin kaukalossa iltamyöhään. Isä tuli
sanomaan, että tulisit jo kotiin. Sitten
sammutettiin kaukalon valot.

Monesti puin luistimet jo kotona. Luistelin
tietä pitkin koulun pihan läpi jääkentälle.
Kerran oli isot koululaiset välitunnilla.
Kuulin, kun joku sanoi, että toi on Elinan
pikkuveli.

Idoleitani jääkiekossa olivat Jokke Urvikko,
Asunnan Martti, Lahtisen Markku,
Lehminiemen Kimmo ja muut sen ikäpolven
isot pojat. Nämä herrasmiehet antoivat
esimerkkiä muutenkin: Kun oli joku tärkeä
peli tulossa, he valmistelivat itse kaukalon
jään hyvään kuntoon, esimerkiksi
kaatamalla kuumaa vettä jään pintaan ja
levittämällä se tasaiseksi säkkien avulla. Se
oli minun mielestäni hienoa jo silloin ja
nythän tuota kutsutaan
itseorganisoitumiseksi,
yhteisöohjautuvuudeksi ja
kansalaistoimijalähtöisyydeksi ja niihin
kaikkiin saa EU:lta hankerahaa.

Olin siinä luulossa, että jääkiekko on suuri laji. Onneksi en alkanut väittämään vastaan, kun joku sanoi jalkapallon olevan maailman suurin urheilulaji. Olin sentään 16-vuotias.

Seurakunnan kerhossa rakensin sähkökitaran. Olin kaksitoista ja muut olivat minua viisi vuotta vanhempia, mutta onneksi nuoriso-ohjaaja Mikko-Matti Rinta-Harri antoi mahdollisuuden olla mukana. Olin siellä ensin salaa. Sitten kun piti ostaa mikrofoni kitaraan, oli pakko paljastua ja pyytää rahaa isältä ja äidiltä. Pelkäsin ihan hirveästi, kun olin tehnyt sitä salassa. Sain kyllä rahat, mutta kai ne näkivät, kuinka häpeissäni olin salailusta. Äiti puhui usein, että kaikki on niin kallista, että kai se oli tarttunut minuun, etten edes pyytänyt mitään. Kerran lähdettiin osuuskauppaan ostamaan kenkiä. Lähdin vastahakoisesti sillä mielellä, että saan jotkut rumat halvat kalossit. Sainkin Karhun lenkkarit, ihan uutta mallia. Niissä oli uusi keksintö, ilmatyynyt kantapään alla. Mun jalkavaivat helpottui niillä, oli nilkat ja kantapäät olleet kasvun takia tosi kipeät. Olin yllättynyt ja iloinen. Kai siitä rahasta oli oikeasti pulaa, koulustakin sain ekalla luokalla kotiin vietäväksi ostositoumuksen, se oli joku kunnan avustuslappu vaatteiden ostamista varten. Muuten, siitä kitarasta ei tullut kovin hyvä, vaikka ääni siitäkin lähti. Taisin purkaa sen saman tien. Ei se juuri tuo kitara ollut, mutta jollain tekeleellä meloin Koukkulammella.

Vaikka raha oli tiukalla, tarvittaessa inhimillisyys voitti. Minun koulunkäyntini alkaessa oli jo kunnan hammashoito, mutta vanhemmilla siskoilla oli uhka joutua käymään Iiris Asunnalla. Isä ei raaskinut päästää tyttöjä sinne, vaan lainasi auton työkaveriltaan ja ajettiin Virroille näppärämpiin käsiin. Muistan sen matkan, koska auto oli isälle outo Triumph. Polkimet oli niin ahtaassa asettelussa, että välillä kun olisi pitänyt painaa kytkintä ja vaihtaa vaihdetta isommalle, jalka osuikin jarrupolkimeen ja auto pysähtyi kuin seinään.

Minä pääsin oikein perusteellisen hammashoidon piiriin vähän ennen kouluun menoa. Pihalätkässä Terhi vahingossa huitaisi mailalla niin, että etuhampaani katkesi. Suussani on ollut sen jäljiltä monenlaista viritelmää ja ne ovat pettäneet mitä oudoimmissa paikoissa. Jalkapallossa hammas on pudonnut, kun olen pukannut palloa, alkuvaiheessa sen sai takaisin suuhun, jos se vain löytyi hiekan seasta. Olen tutustunut mm japanilaiseen akuuttihammashoitoon pariinkin kertaan. Nyt kuusikymppisenä vaikuttaa siltä, että vihdoin pari vuotta sitten väsätyllä rakennelmalla pärjään jopa eläkkeelle.

Pastori Huilla siis toi jääkiekon Ruovedelle. Olin koulun teknisen työn luokassa, kun keskusradiosta tuli aamunavaus. Siellä oli uusi ääni ja se puhui jääkiekosta. Sain sen käsityksen, että oltaisiin joukkuetta perustamassa. Olin aivan täpinöissäni. Vähän nuori vielä, mutta aika nopeasti pääsin mukaan, varmaan seuraavana talvena jo. Luonnonjäällä pelattiin, kaudet olivat harmittavan lyhyitä. Olin hyvä luistelija ja jaksoin hyvin. Hyvä peruskunto tuli siitä, kun poljin isän postimopoa käyntiin. Se oli sellainen Jupiter vm. 1962 ja sitä poljettiin niin kuin polkupyörää. Kun sitä kilometritolkulla yritti saada käyntiin koko kesän, niin ei ollut ihme, että talvella luistin kulki. Cooperissakin meni ysiluokalla 3390m. En ole varma, oliko tuo tarkka matka, mutta en kehtaa kirjoittaa 3400m. Sitten kun täytin 15, mopo ei enää kiinnostanut ja myin sen pois purettavana romuna. Seuraavana päivänä näin, kun sillä ajettiin. Se olisi ollut hieno, jos se olisi säästynyt alkuperäisenä.

Urheilu kyllä kiinnosti ihan pienenäkin,
mutta kukaan ei ollut taluttamassa kisoihin.
Urheilukentällä järjestettiin
ikäkausikilpailuja, joihin olisi voinut
osallistua, mutta seurailin niitä turvallisen
matkan päästä. Painoin mieleeni, mihin asti
oli hypätty pituudessa, ja kun kenttä oli
tyhjä, kävin kokeilemassa, miten olisin
pärjännyt.

Yhdet kisat muistan hyvin, ne olivat
Ylöjärvellä kuntien väliset Kuru-Ylöjärvi-
Ruovesi -juoksukilpailut. En tiedä mitä
kautta olin mukaan päässyt, mutta
juoksujoukkueessamme oli Jame Lampela,
J-P Vuorenmaa ja minä. Juokseminen tuntui
oudolta, rata oli jotain kumia ja askel pomppi
siinä kummasti. Suoritus ei mennyt ihan
nappiin, eikä siitä ole tuon kummallisempaa
kerrottavaa. Matkat sen sijaan muistan
hyvin. Kuljettiin Jamen isän kyydissä
(Vauxhall Viva), eikä kukaan sanonut
sanaakaan, ei meno- eikä tulomatkalla.
Vaikka ei minulla mitään sanottavaa olisi
ollutkaan, olisi ollut kiva kuulla, millä
mielellä muut ovat.

Samantapainen kisamuisto on koululaisten
liikennekilpailuista. Voitin Ruovedellä oman
sarjani ja seuraava askel oli osallistua
Hämeen alueen kisoihin. Kilpailussa ajettiin
polkupyörällä liikenteessä ja tuomarit
katsoivat, kuinka hyvin osaa noudattaa
liikennesääntöjä. Ruovedellä kaikki oli
helppoa, mutta Riihimäellä oli suojateitä,
kevyenliikenteen väyliä ja liikennevaloja.
Pysyin reitillä, mutta ilman suurempaa
menestystä. Automatkat kisoihin ja takaisin
kotiin jäi tässäkin parhaiten mieleen.
Kulkupelinä oli taksi-Transit ja fillarit oli
tungettu matkustamoon. Kotimatkalla
kunnan raittius-nuorisosihteeri tarjosi
Pälkäneellä limsan koko porukalle, koska
kisa oli mennyt hyvin (=kaikki olivat
löytäneet maaliin). Kun lähdettiin jatkamaan
kotimatkaa, pyörät heilahtivat niin pahasti,
että löin pääni johonkin, varmaan
ohjaustankoon. Hirmuinen päänsärky
loppumatkan, oksetti ja limsa meinasi tulla
kurkusta rinnuksille.

Rippikouluikäisenä tehtiin retkiä Lappiin ja viikon mittainen kirkkovenesoutu Näsijärvellä. Se oli mukavaa, meillä oli hieno kaveripiiri. Musta tuntuu, että se oli jotenkin poikkeuksellisen hyvä porukka. Toivottavasti ne meidän ikäiset, jotka eivät siihen kuuluneet, pitäneet meitä jotenkin ylimielisinä. Viime aikoina on alkanut taas pientä yhteydenpitoviritystä olla, kun ruuhkavuodet ovat hellittäneet.

En muista, että olisin joutunut pahemmin kiusatuksi ja toivottavasti en itsekään ole ketään kiusannut. Yksi tapaus on jäänyt mieleen, kun meidän metsämajalle hyökkäsi joukko poikia, jotka hajottivat majan ja heitteli meidän päälle hiekkaa. Se minua kummastutti, että joukossa oli myös niitä, jotka olivat meidänkin kanssa leikkineet ja touhuilleet, ja nyt he olivat meitä vastaan.

Lapsina ja nuorina tultiin, mentiin ja
touhuttiin aika lailla vapaasti, toki siinä
tutussa lähimaastossa. Varjelustakin oli
mukana. Silloinkin, kun kokeilimme
Molotovin cocktailin tekemistä ja yritimme
sytyttää sen. Suojelusenkeli levitti isot
siipensä.

Seurakunnalla oli leirejä Aution leirikeskuksessa ja partiolaisilla siinä lähellä rantametsässä. Ne olivat mukavia, mukana oli kaikki kaverit. Joskus siellä oli aika rajuakin menoa, jokaisella leirillä pelattiin lipunryöstö, joka oli hurja peli, melkein taistelu, pitkin metsää. Piti ryöstää toisen joukkueen lippu ja toisen joukkueen jäsenet sai eliminoitua, jos niiltä onnistui nappaamaan käsivarresta nauhan. Se oli seikkailua ja välillä meni painiksikin. Tuliko luunmurtumisia vai olkapään sijoiltaanmenemisiä, en muista, mutta terveyskeskuksen ensiapuunkin sieltä poikia vietiin.

Viimeinen leirini Autiossa oli ripari. Se oli hieno kokemus, sai olla kavereiden kanssa yötä päivää pari viikkoa. Hoilattiin paljon keskenämme ilman ohjaajia, rämpytin kitaraa ja porukka lauloi Meksikon pikajunaa ja muuta jippijaieeta. Synkkä varjo laskeutui leirin ylle, kun tuli tieto, että Artsi oli loukkaantunut pahasti Kotviolla.

Renzo Saarisella lojuttiin myös paljon. Ihme, että sen vanhemmat sieti. Mutta ne oli siinä usein mukana höpöttelemässä. Niille pitäisi antaa joku nuorisotyön lämpimän paikan mitali. Ne asui Virastotalossa, koska Renzon isä oli vanginvartija poliisiaseman putkassa. Renzo sai joskus fm-lähettimen Amerikantuliaisina serkuiltaan. Sitä kokeiltiin ja oma ääni kuulosti hienolta stereoiden radiossa. Poliisiasemalta tuli nopeasti viesti, että pojat, lähetin kiinni. Radiohommat oli siihen aikaan tiukasti Yleisradion heiniä, merirosvoradioista sai hurjat sakot.

Teini-ikä meni ilman suurempia kapinoita ja perseilyjä. Yksi hölmö homma tehtiin, kun jonain uuden vuoden aattona oli hankittu tykinlaukauksia ja saatiin päähämme vähän kokeilla niiden tehoja. Pamautettiin yksi postilaatikko siitä kirkonkylän liepeiltä. Kiinnihän siitä jäätiin ja sen verran jälkipyykkiäkin pestiin, että Masan isä sanoi notta "Katsokaa nyt vähän, kenen laatikoihin noita paukkuja laitatte".

Ysiluokan luokkaretkellä oli toinen typerä juttu. Vanhemmilta koululaisilta oli kuultu juttuja alkoholinkäytöstä luokkaretkillä, ja ne oli jollain tavalla sankarillisia saagoja. Pitihän meidänkin. Tiina oli saanut hankittua jostain pienen pullon valkkaria ja sitä me sen verran maisteltiin, että henki vähän haisi. Kiinni tietysti jäätiin, sehän oli selvä. Ja kun sääntöjä oli rikottu, siitä seurasi rangaistus. Ja ankara sellainen, nimittäin alkoholia nauttineiden oli maksettava matkasta se rahasumma, jonka koulu oli oppilasta kohden matkaan satsannut. Tiinan kanssa me ei ihan heti rangaistusta nielty, vaan halusimme kohtuullistamista. Ehdotettiin luokanvalvojalle, että eikös se olisi oikeudenmukaista, jos me maksettaisiinkin vain puolikas siitä summasta, koska meillä oli yhteinen pullo? Luokanvalvoja Seppo (jonka sukunimeä en nyt muista), sanoi, että juu, tuo kyllä kuulostaa reilulta.

Siinä Virastotalossa oli poliisin lisäksi posti
ja postipankki, verotoimisto, kela, taksi,
Kesport, Hannu Asa Niemi Siemens,
Kantakrouvi, Hotelli, kenkäkauppa,
alakerrassa K-rauta ja pari myymäläauton
autotallia. Vähän niin kuin pieni kaupunki
tai ainakin ostari. Muistan kun se tuli
valmiiksi, se oli uljas talo, uudenaikainen.
Kantakrouvin ovella portsari Tanneraho
kilisytteli takkinsa taskussa kolikoita. Siellä
oli myös hissi. Äiti kävi johonkin aikaan
siivoamassa verotoimistossa. Muistan ne
roskakorit täynnä rullasta purettua
lomakepaperia. Nyt talo on elinkaarensa
päässä, kuten kauniisti sanotaan, mutta se
voisi olla hoidettuna ja ilman
terassihäkkyröitä linjakas aikakautensa
edustaja.

Renzo oli kerran Kesportissa ostamassa
tossuja. Ne maksoi 60 markkaa ja Renzo
tinki niitä viiteenkymppiin ja väitti ettei ole
kuin viiskymppinen rahaa. Pitkän väännön
jälkeen myyjä suostui. Renzo maksoi
kuitenkin satasella.

Valokuvaaminen ja kuvien vedostaminen
alkoivat myös kiinnostaa. Tähän touhuun
innosti Kemppainen, jonka isä oli aikanaan
asiaan perehtynyt. Seurakuntatalon
kellarissa oli labra, jossa oli täysi
mustavalkovarustus. Siellä oli jopa joltain
harrastajalta jääneitä papereita ja
kemikaaleja. Kun näki ensimmäisen kerran
kuvan vähitellen muodostuvan paperille
hämärässä punaisessa valossa, se oli elämys.
Filmiäkin piti jostain saada, mutta se oli
kallista. Harakkalassa Koukkuharjun talossa
oli valokuvaamo Luoma, joka myi sitä.
Poikkesimme kyselemään, minkälaisia
mustavalkofilmejä olisi tarjolla. Kauppias
esitteli valikoiman ja me painoimme
mieleemme rasioissa olevat viimeiset
myyntipäivät. Kun muutama viikko oli
kulunut, kävimme ostamassa halvalla vähän
yliaikaiset rullat.

Pitkään muistelin, että olisimme tehneet filmibisneksiä Vinhalla kirjakauppias Tuomaksen kanssa, mutta en ollut muistanut tuota Luoman valokuvausliikettä. Tuomaksen kanssa noin ei olisi tohtinut toimia, hän oli siinä määrin vilpitön herrasmies. Vinhalta ostettiin koulukirjat (lukioon) vastakirjalle ja lainattiin RKP:n (Ruoveden Kanoottipurjehtijat) kanoottivajan avaimet, rehdisti ja reippain mielin.

Koukkuharjun taloa vastapäätä tien toisella
puolella on vanha paloasema ja sen vieressä
rakennus, jossa toimi lastenneuvola.
Terveyssisaren luona käytiin ottamassa
rokotukset ja syynissä, että kaikki on
lapsella kunnossa. Kerran sisar yllätti minut
kouraisemalla kivuliaasti jalkovälistä.
Onneksi jo meitä seuraavalle sukupolvelle
selitettiin, että se on kivesten laskeutuminen
mikä täytyy tarkistaa.

Seiskaluokkalaisena menin isän mukana kansalaisopiston puhallinryhmään. Siellä soitettiin vanhoja marsseja ja valsseja läpi alusta loppuun. Kappaleiden välissä ukot juorusivat. Ensin minulla oli tenoritorvi, sitten vähän aikaa baritoni. Ne olivat sellaisia ikivanhoja louskuja. Sitten kun yhtye sai ostaa uuden trumpetin, minut ylennettiin siihen. Kai ne yritti innostaa nuorta, olin ainut alle viisikymppinen. No oli siellä Seija, se oli tullut Tampereelta ja se oli ainut, jolla oli jotain hajua soittamisesta. Mä olisin kyllä mieluummin ollut mukana opiston kitararyhmässä, missä oli kaikki mun ikäiset kaverit, mutta jotenkin isän auktoriteetti sai mut pysymään torviryhmässä. Soittamisesta en oppinut siellä oikein mitään. Eikä kai se siellä ollut niin tarkoituskaan. Kerran harjoitukset lopetettiin puolta tuntia ennen kuin tavallisesti, jo kahdeksalta. Kantakrouvissa oli sinä iltana strippari.

Rippikouluiässä täytyi päättää, onko fiftari vai punkkari. Mun mielestä punk-musiikki oli kamalaa. Enkä minä kokenut tarvetta kauheasti kapinoida. Rokkenrollissa oli joitain hyviä juttuja, esim Eddie Cochran. Elviskin vähän, mutta jotenkin kuitenkin kaipasin musiikilta jotain muuta. Glenn Millerin levyjä oli kirjastossa pari. Ne oli minusta hyviä, ja Benny Goodman aika hyvä. Count Basiekin löytyi ja se alkoi sitten iskeä lujempaa. Joillakin kavereilla oli kehittyneempi musiikkimaku, mutta niillä oli isoveli, joka kuunteli kaikkea progea sun muuta monimutkaista. Masan kanssa kyllä kuunneltiin Queenia. Laulujen sanat ei ole koskaan minua puhutelleet.

Yksi mieltäkantava musiikkielämys on
vuodelta 1972. Pepe Willberg oli kai
pärjännyt Syksyn sävelessä kappaleella
Aamu. Tykkäsin siitä tosi paljon, se kuulosti
hyvälle. En mä niitä sanoja ymmärtänyt,
sehän on sellaista erotiikkaa. Mutta aina kun
se tuli radiosta, täytyi istua hiljaa ja
kuunnella. Kerran se tuli radiosta niin, että
mä olin vielä unessa. Leena tiesi, että
tykkään siitä biisistä ja se toi radion soimaan
mun tyynyn viereen. Heräsin siihen ja ennen
kuin avasin silmäni, ajattelin, että olen
jossain paratiisissa. Se meni suoraan
selkäytimeen.

Leena osti kesätienesteillään mankan. Ensin sillä äänitettiin nuorten sävellahjasta kappaleita ja aina piti olla hiljaa. Tai olisi pitänyt olla. Sitten siihen ostettiin johto ja sai äänityksen aikana puhua. Virve Rostin "Kun Chicago kuoli" oli kuuma hitti. En tästäkään biisistä ymmärtänyt, mistä oli kyse.

Ennen kouluikää soitin kotona paljon harmoonia. Improvisoin ilman nuotteja pitkät pätkät ja musta tuntuu, että se oli ihan kelvollista sen ikäisen soittamaksi. Eihän silloin ollut mitään nauhureita, joten se on vain haalea muisto. Kuvittelin soittavani samalla tavalla kuin Latva-Laturi kirkossa. Sielläkin sormittelin urkuparvella penkin kaiteeseen. Kerran olin isän mukana Juupajoella, kun hän tuurasi kanttoria. Sain vähän kokeilla oikeita kirkon urkuja. Menin ihan lukkoon, ei siitä tullutkaan mitään. Siinä kohtaa olisi ollut pieni rohkaisu paikallaan. Olisi jännä tietää, mitä itsestä olisi tullut, jos vanhemmat olisivat napanneet kiinni tuosta innostuksesta. Silloin se kai ei ollut tapana tai sitten meidän vanhemmat ajattelivat, ettei niiden lapsilla mitään erityislahjoja ole. No, se hyvä puoli kumminkin niillä oli, etteivät ne koskaan mollanneet tai nitistäneet. Se oli sellaista neutraalia: Tuossa se soittaa, soittakoon nyt kun kerran sitä huvittaa eikä siitä haittaakaan ole.

Tonttilan naapurissa asui Koskiset, joilla oli
vähän nuorempi poika kuin minä. Ne oli
voittaneet KaksPlussan arpajaisista stereot.
Asa – radio ja levari. Niillä ei ollut levyjä,
mutta sen isännän veljellä oli pari sataa
älppäriä. Sieltä se toi lainaksi pari kerrallaan.
Muistan parhaiten Geordien. Se oli aika raju
ja on vieläkin. Siellä piti tietää Piitlesit vai
Rollarit. En minä tiennyt mitä ne oli. Mutta
stereoista musa kuulosti tosi hienolta.
Pimeänä talvi-iltana, kun näkyi tähtiä,
kyttäsin tähdenlentoa. Jos satuin sellaisen
näkemään, toivoin, että mulla olisi joskus
stereot.

Kesällä pyöräiltiin uimalaitokselle tai laivarantaan aina kun laiva tuli. Tai laivat, siihen aikaan Pohjolakin seilasi. Se oli minusta kauniimpi laiva kuin Tarjanne. Pohjolassa oli jyrkemmät aallot, mutta Tarjanteen kesti pitempään. Aallot sai kahteen kertaan, laivan tullessa Ulonsalmesta ja sen lähtiessä jatkamaan siitä matkaansa. Vihellyksistä erotti, kumman laivan pilli soi. Laivat oli samaan aikaan Ruovedellä, laivaranta oli maailman napa hetken aikaa. Näki ihmisiä, saattoi jopa olla linja-auto vastassa. Uimassa käytiin muutenkin uimalaitoksella, sinne oli hauska lasketella pyörällä. Kotiin tullessa oli taas hiki, koska paluumatka oli pelkkää ylämäkeä. Ranta oli aika hyvä, ponnulta uskalsin mennä hyppäämään vasta aika isona, tornista en kertaakaan. Laiturin alla oli pelottavaa ja pahan hajuista.

Ensimmäinen kesätyöpaikka oli
hautausmaalla. Leikkasin ruohoa. Se oli aika
tylsää, mutta niinä päivinä, kun sai leikata
kirkon puistosta läheltä tietä, se oli kivaa.
Sai kävellä pitkiä suoria ja joskus näki
jonkun tutun ihmisenkin. Yhtenä kesänä
oltiin Ilkan kanssa tyhjentämässä
puutavaraa kirkon rossipohjasta. Ahdas ja
pimeä paikka. Sinne oli remontissa jätetty
kaikkea laudankappaleista sahanpuruun, ne
olisi ennen pitkää homehtuneet.

Monena kesänä olin Osuuskaupalla.
Kuorma-auton apupojan lisäksi mun homma
oli päivystää Punaisella varastolla, eli
makasiinilla. Se oli täynnä rehusäkkejä ja
sementtisäkkejä. Enimmäkseen todella
pitkäveteistä, odottelua ja ajan tappamista.
Joskus aina tuli asiakas jotain hakemaan tai
lastattiin kaupan kuormuri viemää kylille
tavaraa. Kohokohtia oli ne päivät, kun sain
lähteä mukaan. Aika kului silloin parhaiten.

Kotvion sahalla pääsi talvellakin koululaiset
tienaamaan lauantaisin. Lautatarhahommia,
ilmeisesti tilauskanta oli kohtuullinen, koska
tuotanto pyöri viikonloppuisinkin. Hommiin
kuului lautojen niputtamista kuljetusta
varten. Samalla niitä lajiteltiin laadun
mukaan. Kerran työjohtaja toi meille terveisiä
Tanskasta. Siellä oli laudanpätkään liimattu
postimerkki ja kirjoitettu sahan osoite. Viesti
oli kirjoitettu jotenkin tähän tapaan:
"Tämäkö muka oksatonta ykköslaatua?"

Sahan palkka maksettiin siihen aikaan vielä ruskeassa paperipussissa käteisenä. Sen sai kerran kuukaudessa hakea konttorilta ja se kuitattiin pienestä luukusta. Neljältä lauantailta ehti karttua ihan mukava tili.

Kotvion sahalla olin vielä intin jälkeen. Piti alun perin olla koko kevät vapaalla ja nostaa työttömyyskorvausta. Oli vain kahden päivän karenssiaika armeijan jälkeen ja Ruovedellä ei sillä hetkellä ollut juuri valmistuneelle sotilassoittajalle töitä. Ehdin saada parilta päivältä työttömyyskorvausta, kun kyllästyin vapaaseen. Soitin sahanhoitaja Kemppaiselle Kotviolle, että onko töitä. Sovittiin, että tulen huomenna klo 6. Lautatarhalla olin koko kevään. Helmikuussa jäätyi korvannipukat ja poskipäät, sitten toukokuussa Aurinko poltti ne. Kotviollakin oli aika paljon ajan tappamista, parhaiten aika kului, kun oli hihnalla lajittelemassa raamista tulevia lautoja. Osa porukasta oli kolmannen polven sahamiehiä. Monilla oli elämänsisältö viikonloppuryyppäämisessä. Ne kertoi maanantaiaamusta keskiviikon puoleenpäivään, mitä ne oli rötvänneet viime viikonloppuna ja keskiviikkoiltapäivästä perjantai-iltapäivään ne suunnitteli, mitä ne rötvää seuraavana viikonloppuna.

Haapasaaressa oli yövartijana Sibiksen kesäloman aikaan. Valvominen oli tuskaa, piti keksiä kaikkea, että pysyi hereillä. Leirintäalueella oli pick-up Mosse, jolla piti käydä laivarannassa pari kertaa yön aikana katsomassa, että kaikki on siellä hyvin. Rannassa ei ollut mitään häikkää, mutta Mossessa ei muuta ollutkaan. Joskus oli ryhmiä – no en kerro keitä – ja kerran ne sai sellaisen hässäkän aikaan respan luukulla, että kyllä niistä jotkut onnistui pääsemään yöpymään maksamatta. Siihen aikaan vielä laitettiin porttikieltoja joillekin etnisille ryhmille. Joitain autokauppojakin mun piti välillä todistaa. Siinä siirtyi aika isoja nippuja setelirahaa taskusta toiseen.

Minigolfrata oli leirintäalueen ylpeys ja
vetonaula. Se oli mäntymetsässä ja se piti
joka yö harjata puhtaaksi neulasista. Aivan
karmean tympeä ja hankala homma. Joka
ikinen yö. Haapasaaren kesänä alkoi
yöradion lähetykset. Tuota historiallista
hetkeä pääsin todistamaa työvuorossa.

Musajuttuja on tässä aiemmin jo vähän vilahdellut. Vähitellen musiikki vei mukanaan ja on hauska jälkeenpäin katsella sitä polkua. Isältä olen musainnostukseni perinyt. Hän olisi halunnut lähteä nuorena Turkuun lukkarikouluun, mutta ei ollut uskaltanut, koska se oli niin kaukana kotoa.

Isä harrasti musiikkia tosi aktiivisesti, se
taisi olla hänelle elämän varsinainen sisältö.
Sain häneltä 2-vuotissyntymäpäiväksi kortin
Orivedeltä Klemetti-opiston kuorokurssilta, ja
hän kirjoitti siinä toivovansa minun joskus
seuraavan samaa polkua. Niinhän siinä
sitten kävi.

Kaverini Esa oli ollut isänsä kanssa
Helsingissä ja saanut ostaa pari rokkilevyä.
Hurriganesin Roadrunnerin soundit olivat
jotain sellaista, mitä ei oltu ennen kuultu.
Kun A-puolen eka raita lähti soimaan, voi
sanoa, että se oli siinä. Myöhemmin iski
samalla tavalla Soundissa mainostettu
miljoonan dollarin levy, Steely Danin Gaucho
ja raita Babylon Sisters.

Ensimmäisen sähkökitarani tein itse
seurakunnan kerhossa. Siinä oli akustisen
kitaran kaula ja lankun värkkäsin itse. Soitin
oli juuri ja juuri soittokelpoinen ja käytin
vahvarina vanhaa radiota. Elina ompeli
sinisestä kankaasta kuljetuspussin, eli
keikoille oli täysi valmius. Siinä vaiheessa
kun alkoi olla bändin perustamisesta puhe,
kitara jäi minulta sivuun, olihan jonkun
soitettava bassoakin.

Se mistä ja miten hankin ensimmäisen bassoni, on nyt jo hämärän peitossa. Se oli kuitenkin Maya -merkkinen, kopio Fenderin Jazzarista. Vahvistimen hankinnan muistan aika hyvin. Vähän rippikoulun jälkeen iski kova prätkäkuume. Taskussa poltteli kesätyötienestit ja joillakin kavereilla oli kevareita. Katselin Aamulehden ilmoitussivuilta käytettyjä prätkiä, ja jossain Tampereen reunamilla oli pieni paja, jossa yksi budjettiin sopiva pyörä oli myynnissä. Lähdimme Mikan kanssa linja-autolla kaupunkiin, mutta siinä kävi niin, ettei me sitten osattukaan sinne teollisuusalueelle, jossa tuo liike oli. Lorvimme keskustassa ja poikkesimme musiikkikauppaan. Ostohousut oli jalassa, rahat mukana ja tarjolla sopiva käytetty bassovahvari. Se oli ikivanha Selmer, jossa oli putkinuppi ja pieni kaappi alla. Kaupat tuli, ja Mikan kanssa miehissä kannettiin ostos linja-autoasemalle. Vahvari pikavuoron tavaratilaan ja kohti kotia. Linja kulki Teiskon kautta, tie oli kuoppainen, pikavuoro ajoi lujaa ja minua hirvitti, että koko styrkkari on säpäleinä ennen kuin päästään Ruovedelle. Vähintään vahvarin putket sirpaleina. Onnellinen loppu, pelastuin prätkältä, vahvistin toimi ja palveli hyvin.

Bändin nimeksi tuli Nasty Surprise.
Englannin oppikirjassa oli lukukappale,
jonka tekstissä oli nämä sanat. Iski kuin
miljoona volttia, vaikein asia bändin
perustamisessa oli selätetty! Muita bändejä
paikkakunnalla oli Hyyrylän poikien
Stainless Steel, jota kovasti ihailtiin ja
Visuveden Nirvana. Vieläkin säpsähdän, kun
näen lehdissä juttuja Nirvanasta.

Kitaristeja Nastyssa oli yllin kyllin, Kimmo,
Apo, ja Ike. Rumpalit vaihtui, Kankkunen oli
aika kauan ja Leinosen Vesa viimeisenä.
Masa olisi varmaan tullut mukaan myös,
mutta noihin aikoihin ei ollut saatavilla
muita kiippareita kuin akustinen piano ja
urkuharmooni. Soittokamoja hommailtiin
pikkuhiljaa, kenenkään vanhemmilta ei
mitään isoja panostuksia tullut, mutta hyvä
harrastus motivoi meitä säästämään ja
satsaamaan.

Treenailtiin kirkonkylän puukoululla. Siellä meidän käytössä oli oma kaappi, johon saatiin kamat säilöön. Samassa kaapissa oli myös Latvamäki & Lahtinen -tanssiorkesterin kamppeet. Alkuvaiheessa niitä vähän salaa lainailtiinkin, koska omassa kalustossa oli puutteita. Kerran lainavahvistin alkoi tunkemaan sakeaa savua. "Hei näättekö, toi vahvistin savuaa ihan hirveästi?" "Emmää mitään nää, kun toi vahvistin savuaa ihan hirveästi!"

Ensimmäinen keikka oli Urtsulla kunnan
nuorisolautakunnan tilaisuudessa, jossa
jaettiin palkintoja urheilijoille. Soitettiin
kaksi kappaletta, Let´s have a party ja joku
toinen. Jännitti ihan hirveästi. Yleisöä oli
ehkä 10 henkeä. Eturivissä istui äiti kolmen
lapsensa kanssa. Hän piteli korviaan ja käski
muksujensa tehdä samalla tavalla.
Palkkioksi saatiin 19 markkaa per lärvi,
kahdestakympistä kunta olisi joutunut
maksamaan työnantajamaksut.

Koulussa oli kerran pari vuodessa
koulubileet ja ne oli Nastylle tärkeitä
keikkoja. Joskus meni hyvin, ja se nosti
odotukset korkealle ennen seuraavaa
keikkaa. Korkeat odotukset saattoivatkin
liian korkeat ja siitähän seurasi pettymys.
Taas mentiin vähän nöyremmin mielin ja
seuraava kokemus olikin positiivinen yllätys.
Muistaakseni se oli tällaista vuoristorataa.
Tunteella mentiin ylös ja alas. Kaikkein paras
palkinto oli, jos väki tanssi.

Eräänä päivänä sain puhelinsoiton Kantakrouvista. He halusivat kokeilla nuorisodiskoa, sellaista ikärajatonta limudiskoa. Ajankohdaksi oli ajateltu tammikuista sunnuntai-iltapäivää. Otimme ilolla kutsun vastaan ja harjoittelimme entistä hurjemmin. Ahdettiin bändi Krouvin tanssiorkesterin soppeen, taisi meillä olla kalustossamme jopa valourut. Valouruissa oli kolme eriväristä lamppua, jotka syttyivät ja sammuivat soiton tahdissa. Volumet täytyi säätää tosi alhaalle, koska salissa oli melusensori. Se näytti punaista, jos yskäisi kovaa, ja jos se välähti vielä pari kertaa, niin sähköt meni poikki. Kun keikka alkoi, salissa oli kaksi ihmistä. Se meni varmaan kuitenkin ihan ok, koska molemmat olivat keikan loppuun asti.

Noitakäräjillä järjestettiin nuorisokonsertteja, joissa esiintyi ensimmäisinä vuosina paikallisia bändejä. Ikellä oli idea, että nuorisokonsertti pitäisi nimetä Noitarockiksi. Säästöpankin vieressä oli iso taulu, missä oli Noitakäräjien ohjelma ja aikataulu. Minulla oli neonoranssia tarrapaperia ja Ike piirsi räväkän "Noitarock" -tekstin. Lätkäistiin tarra siihen isoon tauluun. Joku sen siitä sitten repi irti, mutta toinen tarra jo pysyi ja niin pysyi nimikin.

Säästöpankki kannusti Nastya lahjoittamalla Toimintatonnin. Sitä sai nuorisoryhmät hakea itse omaehtoiseen toimintaan. Taisi olla niin, että jokaisella paikkakunnalla yksi tonni oli tarjolla. Me varmasti käytimme sen tunnollisesti bändin kaluston kohentamiseen. Ei hauskanpitoon ja hekumaan, niin kuin pitkätukkaiset olisivat tehneet. Tonnin lisäksi pakettiin kuului Säästöpankin mainoskengännauhat. Niillä pankki ehkä uskoi sitouttavansa meidät.

Tehtiinhän me hieno Nasty Surprise -tarra.
Kaikilla itseään arvostavilla bändeillä piti olla
oma tarra, bändipaitoja ei vielä ollut. Ike oli
graafikkona ja Patsi Makkosen pajassa
värkättiin. Oli hauskaa, Patsi oli täysillä
mukana. Tarrat toivat laajaa näkyvyyttä –
ainakin Elina oli tunnistettu kerran
Tampereella ruovesiläiseksi, koska hänellä oli
opiskelusalkussa meidän tarra. Niitä oli
paksu nippu, mutta nyt ne ovat
keräilyharvinaisuuksia, sillä jossain
pesänselvityksessä elämäni varrella olen
tuon nivaskan hävittänyt.

Yksi Nastyn uran kohokohtia oli esiintyminen Nuorison taidetapahtuman Hämeen aluetapahtumassa. Se oli kaiketi ensimmäinen kerta Ruoveden ulkopuolella. Pelkästään se tosiasia olisi riittänyt hurjaan jännitykseen. Kaiken lisäksi siellä oli valtavasti bändejä ja käytössä isot PA-kamat. Nuo kunnon kamat oli saada pään pyörryksiin. Soitettiin pari rautalankabiisiä ja palautteena oli "Pirteää kitarapoppia. Jatkossa lisää persoonallisuutta". Kisan voitti Missing Link Kangasalalta. Se oli ansaittu menestys, hyvää funk-soul-grooveosastoa. Tuomaristossa ollut Silvennoinen nappasi Missing Linkistä herrat Helan ja Kahilaisen omiin tarkoituksiinsa. Bändissä soitti myös Sundströmin Kari, joka on tehnyt hienon uran maineikkaassa Minnesota Orchestrassa.

Seurakunnan nuorisotyö tarjosi
musanälkäiselle pientä makupalaa.
Matkattiin Turkuun asti, siellä oli iso
nuorisotapahtuma, jossa oli
gospelmusiikkiaiheista ohjelmaa.
Komppiveljekset Löytty eli Mikko ja Sakke
pitivät klinikkaa, jossa he kertoivat rumpalin
ja basistin yhteissoitosta. Se oli silmät ja
korvat avaava sessio. Siinä mielessä hauska
etiäinen, että Sakke asui myöhemmin
opiskelija-aikoina samassa talossa kuin minä
ja siellä oli yhteiset treenitilat. Sakke
jammaili siellä yhden porukan kanssa, josta
sitten tuli Q.Stone.

Soitin myös tanssikeikkoja Latvamäki &
Lahtinen -tanssiyhtyeessä. En muista,
kuinka siihen pääsin. En usko, että minua
oli pyydetty, enkä varsinkaan usko, että
olisin tarjoutunut. Olisiko ollut niin, että
Reton kanssa oli tullut basson soittamisesta
puhe. Hän soitti L & L:n tanssiyhtyeessä
kitaraa ja myös Ruoveden opiston
puhallinyhtyeessä alttotorvea. Sitten oli
sovittu, että tulen kokeilemaan.
Harmonikansoittajat L & L soittivat kunnon
pelimannimeiningillä, nuotteja ei ollut, mutta
ohjelmisto oli laaja. Reto katseli
harmonikoista, mitä sointuja ne soittavat ja
minä katsoin häneltä soinnut ja soittelin
bassot sen mukaan.

Kerran oltiin menossa Latvamäen & Lahtisen poppoolla hääkeikalle Pihlajalahdelle. Kello oli kuuden maissa illalla, ja Latvamäki siristeli silmiään ja mietiskeli ääneen, että kuinkahan korkealla tuo aurinko on silloin kun tullaan kotiin. Ajattelin itsekseni, että joopa joo, äkkiä nämä keikat on hoidettu. Kuinka ollakaan, kun tultiin kotiinpäin, kello oli taas kuusi ja aurinko paistoi taas suoraan silmiin

Toinenkin tanssibändi oli vähän aikaa kasassa. Nastyn rumpali Vesku Leinonen taisi vihjaista, että hänen lähellään asuu haitaristi, jonka kanssa voisi kokeilla yhdessä soittamista. Nuori kaveri oli Jari Pekki, ja hän oli jo menestynyt soittokilpailuissakin. Jarin kunniaksi yhtyeen nimeksi tuli Gregory. Kimmo soitti komppia kitaralla ja kvartettimme oli puhdas soitinyhtye. Se oli Akilleen kantapää, yleisö tuntui kaipaavan laulusolistia. Valssien, tangojen ja humppien veivaaminen säkeistökaupalla pelkkinä instrumentaaleina oli soittajillekin hiukan puuduttavaa.

Keikkaliksojen kanssa oli vähän pelaamista.
Tanssien järjestäjät olisivat halunneet
maksaa pimeänä suoraan lippukassasta.
Liksa taisi olla satanen käteen, mutta kun
mentiin hakemaan palkkiota verokortit
kädessä, niin järjestäjät eivät kehdanneet
ehdottaa pimeää liksaa vaan ottivat kortit
vastaan. Vähän pitkin hampain, koska näin
se tarkoitti ennakonpidätyksen maksamista
satasen päälle. Me kun oltiin pienituloisia
koulupoikia, niin me saatiin tuo
ennakonpidätys sitten aikanaan takaisin
veronpalautuksena ja tällä tavalla vähän
hilattua palkkaa isommaksi.

Gregory oli pystyssä vain vajaat pari vuotta.
Harmonikkataituri Jari taisi lähteä
kaupallisiin opintoihin ja kuulemma
sittemmin Euroopan Unioniin
konekirjoittajaksi. EU:lta täsmärekrytointi.

Joitakin korkeakulttuurikokemuksia on jäänyt mieleen. Tampereen kaupunginorkesteri vieraili 1970-luvun puolen välin jälkeen yläasteen vanhassa salissa, nykyiseltä nimeltään Laurinsalissa soittamassa. Muistan frakkipukuiset miehet käveleskelemässä meidänkin talon ohi ennen konserttia. Solistina oli orkesterin oma nuori trumpetisti Jouko Harjanne. Soolokappaleen nimi ei silloin jäänyt mieleen, mutta Jokke myöhemmin kertoi sen olleen "Lars-Erik Larssonin ikivihreä Concertino".

Radion sinfoniaorkesterikin kävi lähiseudulla
näytillä. Olin jo vahvasti kiinnostunut
musiikista ammattina, joten isän kanssa
köröteltiin Virtain Kisapirtille konserttiin.
Sielläkin sattui olemaan vaskisoittaja
solistina. Kalervo Kulmala soitti Mozartia.
Konsertin viimeisestä kappaleesta muistan
ainoastaan sen, että loppusoinnut syöksyivät
yksi kerrallaan ilmastointikanaviin niin, että
niiden matkan ulos asti saattoi melkein
nähdä. Sen on täytynyt olla Sibeliuksen
viides sinfonia.

Ylioppilaskunnan Laulajat pitivät myös
konsertin Ruovedellä. Siitä en muista muuta
kuin konsertin jälkeen leiskuneet revontulet.

153

Lopullinen kipinä soittamista ja musiikinopiskelua kohtaan leimahti, kun Niinisalon varuskuntasoittokunta piti koululaiskonsertin yläasteen koululaisille. Siellä oli pari tuttuakin poikaa soittokunnan riveissä, Ojalan Ari ja Ruohon Tapsa. En osaa sanoa, mikä siinä viehätti, musahan oli sitä sen aikaista sotilasmusiikkia, enimmäkseen marsseja ja joitain puhallinorkesterille tehtyjä sovituksia konserttimusiikista. Rokkibasistia ei olisi luullut yhtään kiinnostavan, mutta kai olin sitten vähän saanut tartuntaa puhallinmusiikkiinkin siinä Ruoveden opiston soittokunnassa.

Ysiluokan keväällä laitoin hakemuspaperit Helsinkiin puolustusvoimien soittajakouluun. Opinto-ohjaaja Kaabe Kauppinen kyllä sanoi, että kyllä tällä todistuksella lukioonkin pääsisi. Hyvä niin, sillä ensimmäisellä yrittämällä en musiikkioppiin päässyt, joten aloitin lukiossa sitten syksyllä. Läpäisin ensimmäisen päivän palikkatestit, mutta trumpettia olin omin nokkineni soittanut niin väärällä tavalla, että siitä pomppasin.

Kävin lukion ensimmäistä luokkaa melko rennolla asenteella, koska tavoitteenani oli yrittää armeijaan taas seuraavana keväänä. Ennen seuraavia pääsykokeita pääsin ensimmäiselle soittotunnilleni, kun isän kanssa oltiin kirkkomusiikkiliiton kesäleirillä Saarijärvellä. Isä oli kuoroissa, minulla oli ilo saada opetusta itseltään Lauri Ojalalta. Hän laittoi soittamaan omasta trumpettivihkostaan variaatiokappaleita, jotka olivat aivan ylivaikeita, mutta se kohotti kummasti itseluottamusta, kun pääsi niitä kokeilemaan.

Lukion ykkösluokalla koulusta lähti linja-
autollinen oppilaita Helsinkiin
kansallisoopperaan katsomaan esitystä.
Musiikinopettaja Latva-Laturi tällaisen
reissun aina vuosittain järjesti musiikin
valinneille oppilaille. Reissulla oli aina
muutama tunti aikaa ihmetellä
pääkaupungin hulinaa. Oopperasta muistan
lavastuksen tumman yleisilmeen ja
pelkistetyt hirret. Niistä päätellen se oli
Kokkosen Viimeiset kiusaukset, lavastus
Manu Hartman.

Lukiossa valitsin niin lyhyet oppimäärät kaikesta, että pääsisin mahdollisimman helpolla. Opiskelin musiikin teoriaa itsekseni ja yritin saada trumpetista jotain järkevää soundia. Seuraavissa pääsykokeissa sitten tärppäsi, minut hyväksyttiin Turkuun Laivaston soittokuntaan. Pääsykoe oli edellisen vuoden tapaan Helsingissä. Palikkatestit taas ensimmäisenä päivänä ja sen läpäisseet jatkoivat musiikkitesteihin. Ensimmäisen päivän päätteeksi kaikki hakijat olivat salissa ja sotilasmusiikkikoulun johtaja Kotilainen otti puheenvuoron. "Soveltuvuustestit on pidetty ja niiden perusteella kutsutaan huomiseen musiikkitestiin. Luettelen nyt niiden nimet, jotka jatkavat huomenna, siis ainoastaan heidän nimensä, jotka tulevat musiikkitesteihin." Sitten luettuaan listansa hän kysyi: "Oliko nyt joku, jonka nimeä ei mainittu?"

Lukion ensimmäisen luokan jälkeinen kesä
olikin jännittävää uuden odotusta. Vähän
haikeaakin, kaverit jäivät ja etenkin
tyttökaveri Ritva jäi Ruovedelle. Vanhempani
eivät juuri kommentoineet, olivat toki iloisia,
kun olin päässyt haluamaani
opiskelupaikkaan. Taisivat olla enemmän
hämmentyneitä, olinhan vasta 17-vuotias ja
edessä muutto isoon kaupunkiin.
Jälkeenpäin isä totesikin, että ”Kyllä se
hirvitti, mutta ei tohtinut kieltää. Sellainen
polte oli silmissä.”

Muita ammattivaihtoehtoja ei ollut. Olin vähän kiinnostunut psykologiasta, sitä Elina silloin jo opiskeli. Joissain urheiluaiheisissa tietokirjoissa alkoi olla pieniä artikkeleita psyykkisestä valmennuksesta, mikä herätti mielenkiintoani. Lukion psykan kirjoissa käytiin kuitenkin läpi sellaisia käsitteitä kuin Id, Ego ja Superego eli freudilaista psykoanalyyttista teoriaa. Se oli samalla tavalla hämmentävää kuin ekaluokan matematiikan joukko-oppi. En jaksanut silloin syventyä.

Elokuussa sitten oli laukku pakattu
Laivaston soittokunnasta saadun kirjeen
ohjeiden mukaan ja litterat kourassa odotin
linja-autoa Harakkalan pysäkillä. Lapsuus ja
nuoruus loppui siihen. Ne olivat olleet
aineellisesti melko vaatimatonta aikaa, mutta
lämpöä ja huolenpitoa oli ollut yllin kyllin.

Olishan tätä muisteltavaa, mutta täältä
Vinhalta täytyy kohta lähteä. Autokin on
seissyt tuossa vaatekaupan edessä jo
melkein viikon...taitaa housukauppias jo
repiä verkkareitaan, kun varaan
parkkiruutua parhaana
raappahoususesonkina.